Usch Luhn studierte Germanistik und Publizistik in Berlin und arbeitete eine ganze Weile beim Radio und Kinderfernsehen, bis sie begann, eigene Geschichten zu erzählen. Mittlerweile lebt sie als Schriftstellerin abwechselnd in der Hauptstadt und auf einem einsamen Deich an der Nordsee. Sie unterrichtet an einer Filmschule, schreibt Drehbücher und hat inzwischen über fünfzig Kinder- und Jugendbücher veröffentlicht.

Usch Luhn

RIVER GIRL

PINK • Ein Imprint von Oetinger Taschenbuch

Außerdem von Usch Luhn bei **PINK** erschienen:

River Love

PINKpressum

PINK • Ein Imprint von Oetinger Taschenbuch

Sonderausgabe
1. Auflage 2014

Umschlaggestaltung: ZERO Werbeagentur
Coverfoto: © Getty Images/Diana Mulvihill
Druck: GGP Media GmbH, Pößneck
ISBN 978-3-86430-034-9

FSC www.fsc.org MIX Papier aus verantwortungsvollen Quellen FSC® C014496

www.pinkupyourlife.de
www.facebook.com / pinkupyourlife
www.oetinger-taschenbuch.de

01

LIO WAR WÜTEND.

Das war nichts Neues. Und ging meistens auch schnell wieder vorüber. Kein Grund zur Panik also.

Normalerweise.

Weder für ihre Mutter, die selber mal schnell auf hundertachtzig war und von Lio viel lieber einfach Gitte genannt werden wollte als Mama, …

Das schmink dir gleich mal ab, Mama. Gitte geht gar nicht. Schließlich bist du meine Mutter. Klar?

… noch für Mimi, Lios beste Freundin. Mit drei Schwestern unter einem Dach herrschte bei ihr zu Hause ständig Zickenalarm. Mimi hieß übrigens Mimosa und fand das plötzlich total cool.

Mi-mo-sa??? Ich kann echt unmöglich ab heute Mimosa zu dir sagen, Süße! Du bist doch der allergrößte Trampel unter der Sonne. Du bleibst Mimi und damit basta.

Lio war immer ziemlich direkt.

Auch Lio hieß nicht wirklich Lio. Ihr richtiger Name war Liora Nova. *Liora* bedeutete helles Licht, *Nova* war ein Stern. Und es existierte tatsächlich ein Stern, der nach ihr benannt worden war. Über ihrem Bett hing der Beweis. Eine echte Sternkarte mit Koordinaten, Sterntaufe und so weiter. Lios Vater hatte sich das ausgedacht, als sie geboren wurde. Echt typisch für ihn, immer fiel ihm etwas Besonderes ein.

Doch an diesem frühen Montagmorgen fühlte sich Lio keinesfalls wie ihr leuchtender Privatstern *Liora Nova* da oben im Himmel, sondern sie kam sich viel eher wie ein zermalmtes Stückchen Restplanet vor.

Denn sie war wirklich **wütend**.

Anders wütend als sonst. So wütend, dass sie gar nicht mehr aufhören konnte, wütend zu sein. Das machte sie gleich noch wütender.

Selbst ihre Mutter wunderte sich, obwohl sie eigentlich gerade rund um die Uhr mit ihrem eigenen Kram beschäftigt war. Sie wollte in St. Georg, dem Stadtteil, in dem sie mit Lio wohnte, einen Secondhandladen eröffnen und redete von nichts anderem mehr.

Lio nervte es, dass ihre Mutter so wenig Zeit für sie hatte und ihr selten richtig zuhörte, und so flogen in der letzten Zeit öfter mal die Fetzen.

»Was ist los, Schatz? Hast du nicht gut geschlafen?«, fragte ihre Mutter, als Lio schlecht gelaunt in die Küche kam und sich wortlos auf die Küchenbank fallen ließ. Wie immer trank Lios Mutter ihren Kaffee schwarz und im Stehen und kaute auf einem trockenen Stück Vollkornknäckebrot herum.

Es war erst kurz nach sieben, aber man konnte spüren, dass es wieder ein sehr heißer Sommertag werden würde. Das Fenster stand sperrangelweit offen, warme Luftwolken waberten herein, und man hörte bereits geschäftsmäßiges Treiben auf der Straße.

»Du wirst doch nicht krank, Lio? Das würde mir jetzt noch fehlen. Ich muss in den nächsten Tagen unbedingt im Laden bleiben. Heute fängt Herr Konuk an, die Regale aufzubauen. Wir haben gestern bis Mitternacht die Fußleisten verlegt.« Ihre Mutter runzelte die Stirn.

Tatsächlich sah Lio ungewöhnlich blass aus. Trotz der Hitze hatte sie einen Wollschal um den Hals geschlungen und dicke Socken an.

Lios Mutter stellte ihren Kaffeebecher auf dem Küchentisch ab und öffnete die Tischschublade. Zwischen Heftpflaster, Aspirinstreifen und Vitamintabletten kramte sie ein Fieberthermometer hervor.

»Miss mal Temperatur«, sagte sie und hielt ihrer Tochter das Thermometer hin.

»Nee, Mama. Steck bloß das Ding wieder weg. Alles total okay«, wehrte Lio ab. Wütend begann sie das Müsli zu löffeln, das ihre Mutter vor sie hinstellte.

Lios Mutter schüttelte den Kopf. »Vielleicht brütest du eine Sommergrippe aus. Trink ein paar Vitamine. Und am besten bleibst du einen Tag im Bett.«

Sie füllte ein Glas mit Leitungswasser und versenkte eine Vitamin-C-Tablette darin.

Lio sprang auf. »Auf gar keinen Fall. Ich muss unbedingt in die Schule. Außerdem kriegen wir heute den Musiktest zurück. Wir sollten einen Rap schreiben, das hat total Spaß gemacht. Später gehe ich zu Mimi, wir wollen Physik üben. Ich esse auch bei ihr Abendbrot.«

Schnell beendete sie ihr Frühstück, ignorierte den knallgelben Vitamintrank, den ihre Mutter ihr hinschob, und verschwand aus der Küche.

Gerade als sie in ihr Zimmer zurückkam, piepte ihr Handy.

Mach mir Sorgen, melde dich gefälligst! Mimi

»Nee, jetzt nicht«, murmelte Lio.

Sie stopfte das Telefon zusammen mit zwei Schnellheftern, die sie unter dem Bett hervorkramte, in ihren Rucksack und zog eine herumliegende Jeans an. Nachdem sie eine Weile in ihrem Schrank herumgewühlt hatte, entschied sie sich für das *Rolling-Stones*-Tongue-Shirt, das ihr ihr Vater zum letzten Geburtstag geschickt hatte, und schlüpfte in ihre ausgetretenen Chucks ohne Schnürsenkel. Das Tongue-Shirt stammte aus einem angesagten Hippieladen in Amsterdam, wo ihr Vater jetzt wohnte, und es war ein echtes Autogramm von *Mick Jagger* drauf!

»Tschüss, Mami. Bis heute Abend!«

Kurze Zeit später jagte sie mit ihrem Rucksack über der Schulter aus dem Haus. Den Schulweg die Bremer Reihe entlang über den Hansaplatz bis zur Rostocker Straße kannte Lio wie im Schlaf. Obwohl es auch zu Fuß nur ein Katzensprung war, nahm sie meistens das Fahrrad. Aber seit Samstag hatte es einen Platten. Das war ärgerlich, weil Lios Mutter gerade erst total teure Reifen gekauft hatte. Im Nachhinein war der Platten allerdings noch das Harmloseste, was an diesem von vorne bis hinten völlig verkorksten Samstag passiert war.

Wenn Lio daran dachte, wurde ihr ganz schlecht:

Die Schule hatte ihren »Tag der offenen Tür« veranstaltet, mit Flohmarkt, Kaffee und Kuchen und Grillen und sogar einem Auftritt der Schulband mit anschließender Disco.

Jasper war auch da gewesen, alles lief perfekt nach Plan. Lio gab Jasper ihren Probeartikel für die Schülerzeitung. Jasper ging schon in die Zehnte und war Chefschreiber von *Re@lity*, der abgefahrensten Schülerzeitung ever, und Lios größter Wunsch war es, in der Redaktion aufgenommen zu werden.

HALT! Genauer gesagt war das ihr zweitgrößter Wunsch.

Ihr größter Wunsch hatte direkt mit Jasper zu tun, und diesen Wunsch teilte sie mit mindestens zwei Drittel aller Mädchen auf ihrer Schule. Denn Jasper war einfach der perfekte Traumtyp. Lio war zu dem Schluss gekommen, dass es am klügsten war, ihn mit ihrem journalistischen Talent zu verblüffen, sodass er sie erst einmal besser kennenlernen konnte. Und Mimi bestärkte sie darin. Danach musste Lio es auch nur noch schaffen, ihm zu zeigen, dass sie toller war als alle anderen Mädchen. Das wurde schwer. Aber Mimi hatte da schon so eine Idee …

Mimi war einfach cool! Die beste Freundin auf der ganzen Welt. Zum Glück machte sich Mimi nicht die Bohne aus Jasper – das hätte Lio nicht überlebt.

Der Probeartikel für die Schülerzeitung bestand aus einem drei Seiten langen Interview mit Jonny Duin, einem Straßenmusiker, der in St. Georg mindestens so bekannt war wie die *Toten Hosen* und sogar ein echtes Cowboyhemd von Johnny Cash besaß. Er hatte früher zusammen mit Lios Vater Musik gemacht, und manchmal hatte Lio Geld in einem Pappbecher für sie eingesammelt. Obwohl sie damals erst sechs war, konnte sie sich noch genau daran erinnern, wie aufregend es gewesen war. Auch Jonny erinnerte sich gut daran. Deshalb quatschte Lio ab und zu mit ihm, wenn sie ihm auf dem Hansaplatz über den Weg lief, und er hatte ihr sogar ein paar Griffe auf der Gitarre beigebracht.

Lios Mutter sah das nicht so gerne, und sie mochte es auch nicht, wenn Lio auf ihrer alten Gitarre herumklimperte. Sie gehörte Lios Vater, und als er wegging und Schiffskoch auf einem Kreuzfahrtschiff wurde, hatte er die Gitarre für Lio dagelassen, damit sie mal ein Instrument lernen könnte.

»Deine Mutter liebt deinen Vater eben immer noch«, schloss Mimi daraus messerscharf. »Sonst würde sie Jonny und die Gitarre nicht so hassen.«

Mimi war auch ein Scheidungskind. Weil sie immer das Beste aus allem für sich herausholte, war sie Spezialistin für Trennungen geworden. »Totaler Quatsch, Mimi. Mama hasst doch Jonny nicht«, widersprach Lio. »Sie fänd es nur besser, wenn ich Klavier statt Gitarre lernen würde. Aber ein Klavier hat zum Glück keinen Platz mehr in unserer Wohnung. Papa und sie haben einfach nicht zusammengepasst, sagt sie immer.«

Jedenfalls war es super, dass Lio Jonny interviewen durfte. Jasper spielte Keyboard in der Schulband, und Lio hoffte, ihn mit dem Interview zu beeindrucken.

Sie musste unbedingt Gas geben, denn Eva, die Sängerin, machte sich seit Kurzem verschärft an Jasper ran – wie Mimi ausgekundschaftet hatte. Mimi kannte nämlich den Bassisten, Erik, er war der Freund von ihrer Schwester Rosalie. Auf seine Infos war auf jeden Fall Verlass.

Jasper hatte das Interview am Samstag sofort gelesen. »Hey, das ist super«, sagte er. »Und der Typ hat echt seine Klamotten mit Johnny Cash getauscht?«

»Na ja, so ähnlich«, druckste Lio herum. »Jonny Duin hat jedenfalls das Hemd von ihm.«

»Cool!« Jasper sah Lio zum allerersten Mal interessiert an.

Lios Herzschlag setzte für ein paar Sekunden aus. Genau das war der Grund, warum sie Jasper so toll fand. Wer aus solchen himmelblauen Lichtwerfern in die Welt guckte, brauchte sich nicht zu wundern, von hysterischen Mädchenhorden verfolgt zu werden.

»Wie heißt du noch mal? Lio?«

»Eigentlich Liora Nova«, räusperte sich Lio nervös. »Das ist ein Stern. Ich habe eine Urkunde davon. War die Idee von meinem Vater.«

Jasper strahlte sie an. »Ihr seid ja alle ziemlich gut drauf, oder?« Er tippte auf das Interview. »Ich schau mal, ob ich es in der nächsten Ausgabe unterbringe. Fotos könntest du auch noch von dem Typen machen. Come on, Supergirl.« Er zeigte auf die Tanzfläche.

Anscheinend ging der Plan auf. Lio tanzte sogar mit Jasper. Mehrmals. Mimi, die Lio heimlich Regieanweisungen gab, hatte den DJ Erik überredet, was Langsames aufzulegen. Auch wenn es noch ziemlich früh und noch lange nicht dunkel war.

Doch von da an war alles aus dem Ruder gelaufen. Eva war aufgetaucht. Und sie hatte nicht lange gefackelt.

Der Abend endete damit, dass Lio Jasper **nicht** küsste.

Aber Jasper küsste Eva. Mehrmals.

Und deshalb war Lio am Montagmorgen immer noch wütend, so wütend, dass sie sich einfach nicht mehr einkriegte. War das vielleicht ein Wunder?

02

GERADE ALS LIO IN DIE ROSTOCKER STRASSE EINBOG, klingelte ihr Handy im Rucksack. Das war bestimmt Mimi. Lio konnte schon das Dach ihrer Schule sehen. Das Handy klingelte weiter. Oh Mann. Was sollte der Telefonterror? Sie war ohnehin gleich da.

»Lio!« Mimi tauchte am Schultor auf, winkte und rannte ihr entgegen. Im selben Moment klingelte das Handy schon wieder. Häh?

Mimi hatte kein Mobiltelefon in der Hand. Dann war es bestimmt ihre Mutter. Wer sonst würde sie um diese Uhrzeit anrufen? Jasper bestimmt nicht. Der lungerte womöglich bereits mit Eva auf dem Schulhof herum, wahrscheinlich knutschend.

Bei diesem schrecklichen Gedanken schoss Lio das Blut in den Kopf. Sie wühlte das klingelnde Handy im Laufschritt hervor und ging ran.

»Hallo?«

»Lio, bist du am Telefon?«, meldete sich eine Männerstimme.

Jetzt blieb Lio wirklich das Herz stehen. »Papa?«, rief sie ungläubig.

»Ja, Lio! Robert hier.«

Lios Vater hatte denselben Tick wie ihre Mutter. Auch er wollte lieber mit Vornamen angesprochen werden.

»Hallo, Papa!«, wiederholte Lio. Es kam nicht oft vor, dass ihr Vater sie anrief. Eigentlich nie. Bis zu diesem Augenblick war sie sich nicht einmal sicher gewesen, ob er ihre Telefonnummer hatte.

»Ist was passiert, Papa?«, fragte sie, und sie spürte, wie ihr Herz klopfte. Er musste einen echt wichtigen Grund haben, sie am frühen Morgen aus Amsterdam anzurufen.

»Ja, allerdings«, antwortete er und lachte dieses lustige Lachen, das Lio so gern hörte. »Was Schönes. Ich bin hier in Hamburg auf meinem Boot. Wann kommst du mich besuchen?«

Lio bekam plötzlich ganz wacklige Knie.

Seit ihre Eltern sich getrennt hatten, sah sie ihren Vater nicht öfter als einmal im Jahr. Denn gleich nachdem er aus ihrer Wohnung ausgezogen war, hatte er als Schiffskoch auf einem Luxusliner angeheuert und war auf allen sieben Meeren unterwegs. Gerade war er allerdings für eine Weile in Amsterdam, das hatte er ihr geschrieben.

An Lios Zimmerwänden pappten unzählige bunte Postkarten, die er ihr von unterwegs geschickt hatte. Zu Weihnachten und zum Geburtstag kamen Pakete mit witzigen Geschenken und selbst gebastelten Glückwunschkarten mit einem Foto von ihm.

»Du bist mit einem Kreuzfahrtschiff hier in Hamburg, Papa?«, fragte sie mit kratziger Stimme.

Mimi bekam große Augen und begann hektische Handzeichen zu machen, die Lio nicht kapierte.

»Ja, ich bin direkt in Hamburg, bei dir.« Lios Vater rollte

das ›r‹ dabei und lachte schon wieder. »Aber nicht zum Arbeiten. Ich bin auf meinem Hausboot hier im Spreehafen. Ich mache Urlaub und will eine ganze Zeit hierbleiben. Was sagst du dazu?«

Lio sah Mimi an. »AUF EINEM HAUSBOOT? Wie cool!«, rief sie ungläubig.

»Also kommst du?«, fragte ihr Vater. »Ich freue mich riesig. Weißt du, wo die Hausboote liegen? Ich schicke dir die genaue Adresse in einer SMS.« Lio hörte einen Hund im Hintergrund bellen.

»Sofort aus, Orpheus«, sagte Lios Vater. Aber es klang nicht besonders streng.

»Hast du einen Hund, Papa?«, fragte Lio. Seit sie klein war, hatte sie sich vergeblich einen eigenen Hund gewünscht.

»Ein bisschen«, sagte ihr Vater. »Er gehört eigentlich Patty.« Er machte eine kurze Pause. »Patty ist meine Freundin. Sie ist echt nett.«

Lio schluckte und schwieg. Ihr Vater hatte also eine Freundin, mit der er Urlaub machte. Das war neu und irgendwie komisch. Auch wenn er schon lange nicht mehr mit ihrer Mutter zusammen war.

»Also, wann sehe ich dich? Gleich? Ich kann es gar nicht erwarten.«

Lio schüttelte den Kopf, obwohl ihr Vater das nicht sehen konnte. »Ich hab doch jetzt Schule, Papa«, sagte sie. »Und danach muss ich mit Mimi für Physik lernen. Vielleicht morgen. Ich muss Mama fragen. Weiß sie schon, dass du hier in Hamburg bist?«

Sie setzte sich mit Mimi in Richtung Schule in Bewegung. Die meisten Schüler waren bereits im Gebäude. Es hatte bestimmt schon ein Mal geklingelt. Wenn sie sich jetzt nicht beeilten, würden sie zu spät kommen.

»Nein, ich habe sie noch nicht angerufen. Ich wollte sie nicht überrumpeln.«

Ihre Mutter würde aus allen Wolken fallen, das war klar. Sie drehte immer noch ziemlich durch, wenn Robert sich überraschend meldete.

»Okay, Papa. Ich muss jetzt auflegen. Musik fängt gleich an. Tschüss.«

In der Schule und auf dem Hof war Handyverbot. Die Morgenaufsicht passte mit Luchsaugen auf, dass es von den Schülern eingehalten wurde. Wenn Lio das Handy nicht gleich verschwinden ließ, war sie es für eine Woche los.

»Dein Vater ist hier in Hamburg? Auf einem Hausboot? WIE KRASS IST DAS DENN!«, kreischte Mimi. »Will er etwa wieder was von deiner Mutter?«

Lio sah ihre Freundin an. »Quatsch. Er ist mit seiner Freundin hier.«

Mimis Augen blitzten. »Wart's ab, das gibt Zoff. Als mein Vater am letzten Besuchswochenende seine neue Freundin mitbrachte, war bei uns zu Hause die Hölle los.«

Lio schnaubte. »Du bist echt komisch drauf. Ich hab keine Lust auf Stress zwischen meinen Eltern. Die sind doch schon ewig geschieden. Es ist ganz normal, dass Papa eine Freundin hat.« Sie wollte nicht länger darüber reden.

»Wieso bist du gestern nicht ans Telefon gegangen?«, flüsterte Mimi ihr ins Ohr, gerade als Frau Fassina in den Musikraum kam und nach einem energiegeladenen »Guten Morgen« gleich mit dem Unterricht loslegte.

»Tut mir echt leid, dass es Samstag so mies gelaufen ist mit …« Sie sprach Jaspers Namen nicht aus.

Lio antwortete nicht. Der Schock, Jasper mit Eva knutschend hinter dem Schlagzeug beobachtet zu haben, steckte ihr immer noch in den Knochen.

»Rosalie meint jedenfalls, die beiden sind nicht zusammen«, flüsterte Mimi weiter. »Jasper hat Erik gesteckt, dass er keine feste Freundin will. Du musst unbedingt weiter dranbleiben. Der findet dich gut, ich spüre so was.«

Mimi, die Krisenmanagerin! Hoffentlich hatte sie endlich mal recht.

Erst als Lio eine bissige Bemerkung über Eva machen wollte und ihren Mund an Mimis Ohrmuschel presste, bemerkte sie, dass Frau Fassina schon die ganze Zeit in ihre Richtung sprach. Jetzt durchquerte Frau Fassina mit schnellen Schritten das Klassenzimmer und klopfte mit ihrem Kuli ärgerlich auf den Tisch.

»Und diese Damen hören mir vielleicht auch mal für einen Augenblick zu und stellen ihre Privatgespräche ein. Sonst überlege ich es mir doch noch anders …«

Lio guckte Frau Fassina verwirrt an.

»Was denn?«, fragte sie kleinlaut. »Ich habe gerade nicht alles mitgekriegt.«

Frau Fassina nickte grimmig. »Das wundert mich nicht. Dieses ständige Getuschel von euch hat wirklich Grundschulniveau. Ich habe deine Arbeit gerade vor versammelter Mannschaft über den grünen Klee gelobt, Liora Nova Hardenberg. Und war schon fast bereit, dir eine wirklich sehr gute Note dafür zu geben. Ich wusste gar nicht, dass du eine Dichterin bist. Dieser Rap von dir ist einsame Spitze.

Vielleicht wäre er was für die Schulband. Aber ihr zwei seid ja beinahe aneinander festgewachsen, so wichtige Dinge habt ihr euch zu erzählen. Ich hoffe für dich, du hast eine plausible Erklärung dafür.«

Lio war knallrot geworden, so freute sie sich über das Lob. Es war ihr allererster Rap, das Thema konnten sie frei wählen. Sie hatte sich in ihrem Song über die Jungs in St. Georg aufgeregt, die ständig am Hansaplatz herumlungerten, mit Feuerwerkskörpern herumballerten und die Mädchen blöd anquatschten.

Der Refrain des Raps hörte sich ungefähr so an:

Diese Affen, die nur blaffen, in der Gegend herumgaffen, sind mir so was von egal, die Typen sind echt nicht mein Fall.
Schnappt die stinkenden Raketen,
düst auf 'nen anderen Planeten!
In St. Georg seid ihr überflüssig, bin eurer total überdrüssig.
Macht 'ne Düse, ist das klar. Und bitte nicht erst nächstes Jahr.

»Also«, verteidigte sich Lio. »Das tut mir wirklich sehr leid, Frau Fassina. Es ist nämlich so …, also, ich habe wirklich nicht bemerkt, dass Sie … schon … da sind.« Sie versuchte es mit einem möglichst treuherzigen Blick.

Aber die Musiklehrerin ließ sich so schnell nicht für dumm verkaufen. »Diese Dackelnummer zieht bei mir nicht, Lio«, sagte sie. »So gut müsstest du mich mittlerweile kennen.« Sie musterte Lio finster.

»Lios Vater ist nach Hamburg gekommen. Ganz überraschend. Auf seinem Hausboot!«, rief Mimi dazwischen. »Deshalb haben wir eben noch gequatscht.«

Frau Fassina runzelte erstaunt die Stirn. »Stimmt das?«, fragte sie Lio.

Lio nickte.

Frau Fassina seufzte. »Na gut. Dann will ich das noch mal durchgehen lassen. Der Rap ist eine glatte Eins. Weiter so. Warum schreibst du eigentlich nie etwas für die Schülerzeitung?«

Lio war total überrascht. So nett hatte Frau Fassina noch nie mit ihr gesprochen.

»Vielen Dank«, sagte sie. »Das hat auch echt Spaß gemacht.«

Mimi strahlte, als wäre sie auch gelobt worden. »Macht Lio demnächst. Jasper hat schon ein ganz tolles Interview gelesen, das Lio geführt hat. Er war total begeistert davon.«

Ein paar Mädchen in der Klasse kicherten los. Mimi sah drohend in ihre Richtung.

Die Musikstunde machte Lio ausnahmsweise mal richtig Spaß. Für eine Weile schaffte sie es sogar, Jasper aus ihrem Kopf zu verdrängen. Bis sie ihm in der Pause zufällig über den Weg lief.

»Hey«, grüßte er flüchtig in ihre Richtung. Er schlug den Weg zur 10b ein, sie hatte ihr Klassenzimmer ganz oben unter dem Dach. In die 10b ging auch Eva.

»Du gibst jetzt aber nicht kampflos auf, oder?«, sagte Mimi drohend. »Das fänd ich echt bescheuert von dir. Denk dran, was mir Rosalie gesteckt hat.«

Lio zuckte mit den Achseln. »Aber wie soll ich das denn

anstellen? Ich kann nicht einfach zu ihm hingehen und ihn mir schnappen und abknutschen, wie Eva das gemacht hat. Das war echt krass.« Ihr wurde jedes Mal wieder schlecht, wenn sie daran dachte.

»Hmm.« Mimi kaute auf ihrer Unterlippe herum. »Ich habe morgen in der ersten großen Pause Schülercafé-Dienst. Da ist zur gleichen Zeit die Sitzung von der Zeitung. Tausch doch einfach mit mir, und quatsch Jasper noch mal wegen des Interviews an.«

Das Schülercafé gab es mittlerweile seit zwei Jahren, und es war richtig beliebt. Lio arbeitete total gerne darin mit und machte häufig auch ihre Hausaufgaben im Café. Außerdem hing immer mindestens einer von den älteren Schülern dort herum und konnte den jüngeren Mathe oder andere Fächer erklären.

»Nicht schlecht, deine Idee«, sagte Lio nachdenklich. So langsam verschwand ihre schreckliche Wut. Vielleicht schaffte sie es ja doch noch, Jasper auf sich aufmerksam zu machen. Allein schon an seinen Namen zu denken, reichte aus, Lios Ruhepuls auf hundertvierzig hochzujagen.

»Gebongt«, sagte sie. »Einen letzten Versuch ist es wert.«

Mimi grinste. »Sag ich doch. **Never give up with boys.**«

03

LIOS HERZ KLOPFTE BIS ZUM HALS, als sie die Schwingtür zum Schülercafé aufstieß.

Erleichtert sah sie, dass Jasper noch nicht da war. Die Schülerzeitungsecke war bis auf Eva verwaist.

Ausgerechnet Eva. Sie lümmelte mit In-Ears im Ohr auf dem roten Sofa herum und beklebte ihre lackierten Fingernägel mit bunten Herzchen. Dazu sang sie laut und vor allem völlig falsch einen *Silbermond*-Song mit.

Sofort bekam Lio wieder eine Riesenwut.

Trotzdem war Lio nicht bereit, einfach das Feld zu räumen. Jasper und Eva passten überhaupt nicht zusammen. Schließlich stand Jasper auf intelligente Mädchen. Das hatte er Lio erzählt, als sie mit ihm getanzt hatte. Wäre Eva nicht plötzlich aus dem Nichts neben ihnen aufgetaucht, hätte er Lio an diesem Abend geküsst. Das hatte sie ganz genau gespürt.

Lio warf Eva einen bösen Blick zu, bevor sie mit schnellen Schritten zur Theke lief. Anne teilte gerade einen selbst gebackenen Apfelkuchen in gleichmäßig große Stücke.

»Hi«, sagte Lio. »Ich habe den Dienst mit Mimi getauscht. Mathe-Aufbau fällt aus.« Sie guckte Anne dabei nicht an, sondern begann geschäftig, das Geschirr aus der Spülmaschine zu räumen und auf den Regalen einzusortieren.

»Ach, echt?«, antwortete Anne. »Und da hast du nichts Besseres vor, als hier zu arbeiten? So ein Zufall, dass die *Re@litys* hier gleich Redaktionssitzung haben.« Sie grinste.

»Ach, Quatsch«, sagte Lio. »Das hat damit gar nichts zu tun. Mimi hat keine Zeit, da bin ich für sie eingesprungen.« Aber ohne dass sie es verhindern konnte, wurde sie knallrot. »Außerdem will ich am Nachmittag zum Spreehafen. Mein Vater ist aus Amsterdam hier zu Besuch. Mit seinem Hausboot.«

Auf einmal hatte sie einen ganz trockenen Hals. Sie köpfte eine Flasche Cola und trank einen großen Schluck.

»Cool!«, sagte Anne. »Ich dachte, dein Vater ist Schiffskoch auf einem Luxusding und ständig in der Karibik und so unterwegs.«

»Unter anderem«, erklärte Lio. »Mein Vater hat viele Berufe. Als meine Mutter und er sich kennenlernten, war er Bassist. Jetzt hat er was mit seinem Hausboot vor. Solche Boote sind gerade ziemlich angesagt.«

Es klingelte zur Pause. Draußen auf dem Schulflur wurde es laut.

»Echt cool«, wiederholte Anne anerkennend. »Okay, ich mach dann mal Schluss hier. Bis dann. Martin kommt wahrscheinlich später, der schreibt eine Klausur nach.«

Im Hinausgehen stieß sie fast mit Jasper zusammen, der gerade mit seinem Laptop durch die Schwingtür kam.

Lios Herz blieb beinahe stehen. Sie versuchte, möglichst cool zu gucken.

Jasper zwinkerte Lio im Vorbeigehen zu, bevor er sich neben Eva auf das Sofa warf und sie wortlos angrinste.

»JASPER«, kreischte Eva entzückt und riss sich die In-

Ears aus den Ohren. Sie streckte ihre Hände vor und rief: »Guck mal, süß, oder? Extra für dich.«

Lio wurde übel. Wie affig konnte man eigentlich sein?

Zum Glück tauchten kurz danach fünf weitere Redaktionsmitglieder auf, besetzten das Sofa und die verschlissenen Sessel und legten sofort los. Jasper schien sich über etwas zu ärgern, denn er sprach eindringlich auf die anderen ein.

Lio beugte sich vor, um mitzukriegen, um was genau es ging, aber es war einfach zu viel Lärm an den anderen Tischen. Schließlich knallte Jasper seinen Laptop auf den Tisch und klappte ihn auf. Er gestikulierte wild.

Sie steckten wichtig die Köpfe zusammen und schauten gemeinsam auf den Bildschirm. Eva drückte sich dabei so eng wie möglich an Jasper.

Jasper legte seinen Arm um Evas Schultern und flüsterte ihr etwas ins Ohr. Eva kicherte.

Lio spürte, wie sich jedes ihrer Nackenhaare einzeln aufstellte. Schlagartig bereute sie es, dass sie Mimis Idee, den Dienst zu tauschen, zugestimmt hatte. Das brachte doch nichts. Außer, dass Lio von Minute zu Minute wütender auf Jasper und Eva wurde.

Vielleicht war Jasper doch nur ein durch und durch bescheuerter und oberflächlicher Typ, der nur Spaß haben wollte, versuchte sich Lio einzureden. Er war es gar nicht wert, dass sie so viele Gedanken an ihn verschwendete.

Zum Glück hatte sie alle Hände voll zu tun. Als Martin endlich auftauchte, war der frische Apfelkuchen bereits alle und die kalten Getränke fast alle verkauft.

»Ich hasse Trigonometrie«, stöhnte Martin.

Er sah völlig fertig aus und hatte rote Flecken am Hals. »Ich hab den Scheiß voll in den Sand gesetzt. Tangenten versetzen mich in Panik.«

Er machte ein düsteres Gesicht.

Lio hielt ihm mitfühlend die letzte kalte Flasche Cola hin. »Tut mir echt leid. Aber vielleicht ist es ja gar nicht so schlimm, wie du denkst«, sagte sie. Martin ging zusammen mit Jasper in die Zehnte und hatte ihr ein paarmal bei den Mathehausaufgaben geholfen. Seit Kurzem kam er aber selber nicht mehr mit.

»He, Matte«, rief Jasper plötzlich. »Hast du die Coverstory über das Hafenfest fertig?«

In zwei Wochen fand im Harburger Hafen ein großes Sommerfest statt. Martins Vater war einer der Organisatoren. Deshalb hatte Martin versprochen, Interviews mit den Musikern und Schauspielern zu machen, die dort auftreten würden.

Martin schüttelte den Kopf. »Sorry, Jasper, das ging noch nicht. Ich habe die ganze Zeit für Mathe gelernt. Und Ende der Woche ist Chemie dran und danach Physik. Bis dahin läuft gar nichts.«

Jasper verzog ärgerlich das Gesicht. »So ein Mist. Und was drucken wir jetzt? Es ist kein einziger langer Artikel fertig. Nur ein paar langweilige Beiträge über das Reitturnier der Unterstufe, eine Klassenfahrt an die Nordsee und ein paar Infos zu den Klausuren. Damit kriegen wir doch keine Zeitung voll. Das Interview von Eva mit der Modelagentur ist geplatzt.«

Lio konnte sich ein schadenfrohes Grinsen nicht verkneifen. Warum wunderte sie das jetzt so überhaupt nicht? Abgesehen davon, dass Eva keinen zusammenhängenden Satz aufs Papier kriegte, konnte sie sich auch nicht vorstellen, dass irgendjemand sich freiwillig von ihr interviewen ließ.

Martin zuckte mit den Achseln. »Ich muss erst mal Mathe wieder in den Griff kriegen. Danach schreibe ich dir, was zu willst.«

Jasper stand auf und stellte sich zu Martin und Lio an die Theke.

»Dann ist es aber zu spät. Ich brauche diese Woche Text. Eva ist einfach noch nicht so weit, dass sie einen eigenen Artikel schreiben kann, und die anderen haben alle nur ihre beknackten Noten im Kopf.«

Er wandte sich Lio zu. »Was ist mit dir, Supergirl?«, fragte er. »Willst du die Hafenstory übernehmen? Du schreibst gar nicht schlecht. Hab ich dir ja schon gesagt. Wohin bist du eigentlich so plötzlich abgehauen? Ich habe nur noch gesehen, wie du mit deinem Rad gegen den Poller gekracht bist. Hoffe, das Ding ist nicht Schrott.« Er durchbohrte sie mit seinen hellblauen Augen.

Oh … mein … Gott, dachte Lio panisch. *Hatte ich Jasper gerade abgeschrieben?*

Ihr wurde schlagartig schummrig, so wie im letzten Winter nach diesem bescheuerten Kinderkarussell – ein Wettkampf mit Mimi auf dem Weihnachtsmarkt. Sie hatte mit neun zu acht Fahrten gegen Mimi gewonnen und danach ewig lange das Gefühl gehabt, sie hätte Hummeln im Bauch.

Haargenau so ging es ihr jetzt.

Sie starrte wie hypnotisiert zurück und konnte eine Weile

gar nichts denken außer, dass sie noch nie einen Jungen mit so wunderschönen Augen gesehen hatte.

»ERDE AN LIO, BITTE KOMMEN. ERDE AN LIO!«, drang Jaspers Stimme wie durch dichten Nebel an ihr Ohr. »Oder hast du sonst was auf Lager, um mir und der Zeitung den Arsch zu retten?«

Sein Blick raubte Lio komplett den Atem.

Verzweifelt versuchte sie, einen zusammenhängenden Satz zu formulieren.

»Hausboot!«, keuchte sie atemlos.

»Hausboot?«, riefen Jasper und Martin gleichzeitig. Sie guckten Lio interessiert an.

»Hausboot?« Eva kicherte. Sie stellte sich direkt neben Jasper und versuchte, besitzergreifend seine Hand zu fassen.

Aber im gleichen Moment beugte sich Jasper vor und berührte mit beiden Händen sanft Lios Schultern.

Eva griff ins Leere.

»Was heißt HAUSBOOT?«, drängte er. »Hausboote finde ich ziemlich abgefahren.« Seine Augen durchbohrten Lio wie Pfeile.

»Mein Vater wohnt auf einem Hausboot«, brachte Lio schließlich heraus. Sie räusperte sich ewig lange und holte tief Luft.

»Er hat vorgestern im Spreehafen angelegt. Ich besuche ihn heute Nachmittag. Wenn du willst, kann ich ihn interviewen. Vielleicht ziehe ich sogar eine Weile zu ihm. Habe gerade echt zu viel Stress mit meiner Mutter. Ich könnte auch ein Schiffstagebuch schreiben«, sprudelte sie los, bevor ihr wieder der Atem ausging.

Jasper lachte und ließ Lio los. »Cool!«, sagte er anerkennend. »Absolut verschärft. Wenn du zu deinem Vater aufs Hausboot ziehst, ist die Story gekauft. Mit dieser Nummer können wir vielleicht sogar den Schülerzeitungswettbewerb gewinnen – wenn sie gut wird. Also streng dich an, Supergirl.«

Er wanderte zurück in die Redaktionsecke und jagte die anderen mit einer Handbewegung hoch. »Die Sitzung ist vorbei, Leute«, sagte er. »Lio übernimmt die Coverstory.« Er schnappte seinen Laptop und verschwand.

Diesmal war es Eva, die Lio einen bitterbösen Blick zuwarf, bevor sie Jasper eilig hinterherrannte.

»Dein Vater wohnt echt auf einem Hausboot?«, fragte Martin neugierig. »Das ist ja cool. Was für eines ist es denn? Ich habe gelesen, dass diese neu gebauten Dinger so teuer sind wie richtige Häuser.«

Lio zögerte. »Ich weiß ehrlich gesagt gar nicht, ob das so ein modernes Hausboot ist«, sagte Lio. »Mein Vater ist nicht besonders reich. Aber das Boot ist bestimmt trotzdem total schön. Ich habe ihn schon ewig nicht mehr gesehen.«

Martin nickte Lio zu und lächelte. »Hundertprozentig«, sagte er. »Dein Vater ist bestimmt so cool wie du. Und den Artikel schaffst du auch mit links.«

Lio lächelte Martin dankbar an. »Klar. Am besten, ich lege gleich heute damit los.«

Die Idee, auf das Hausboot zu ihrem Vater zu ziehen, war ihr nur so spontan durch den Kopf geschossen. Sie hatte es gesagt, um Jasper zu imponieren. Aber je länger sie darüber nachdachte, desto besser gefiel Lio ihre eigene Idee. Sie guckte auf ihre Handyuhr. Gleich war sie mit Mimi verabredet. Lio war auf Mimis Kommentar zu der neuen

Entwicklung in Sachen Jasper gespannt. Bestimmt würden ihr die Ohren vor Überraschung abfallen. Auf jeden Fall hatte Mimi doch recht gehabt mit ihrem Motto: **Never give up with boys!**

04

»UND?«, RIEF MIMI den halben Flur entlang. »Wie ist es mit Jasper gelaufen?« Ihre Stimme kippte fast über vor Neugier.

»Pst!«, machte Lio und sah sich nervös um. »Er ist hier noch irgendwo in der Nähe.« Sie schnappte sich Mimi und zog sie hinaus auf den Schulhof. Erst an den Fahrradständern blieben sie stehen.

»Es ist super gelaufen!« Sie grinste über das ganze Gesicht. »Er war nämlich stinksauer, weil Eva ihre Modelstory vergeigt hat, Martin Versetzungspanik geschoben hat und auch sonst kein Text fertig war. Aber – TATAMMMM – zufällig war ich ja da. Ich weiß zwar immer noch nicht sicher, ob er mein Jonny-Interview wirklich druckt, aber ich soll die Coverstory für die nächste Ausgabe schreiben. Über meinen Vater und sein Hausboot.«

Mimi war einen Moment lang sprachlos. Und das kam wirklich ganz selten vor.

»KRASS!«, brüllte sie.

Lio verzog skeptisch ihren Mund. »Na ja, erst mal muss ich was Cooles abliefern. Und außerdem bedeutet das ja nicht, dass er sich danach in mich verknallt.«

Plötzlich begann Mimi wie wild mit ihren Händen herumzufuchteln. »Achtung. Da kommt er«, zischte sie.

»Na, Mädels?«, sagte Jasper in diesem Moment lässig direkt hinter Lio.

Lio fuhr herum und starrte Jasper erschrocken an.

»Schiebt ihr Fahrradwache, oder was? Letzte Woche hat echt jemand den Schutz von meinem linken Lenkergriff geklaut. Total krank.«

Er schloss sein silberfarbenes Rennrad auf und schwang sich auf den Sattel.

»Okay, Lio. Ich verlass mich fest auf dich und deine Story. Liora Nova – der neue Stern am Schreibhimmel. Krasser Name«, sagte er, grinste und fuhr winkend davon.

Lio sah ihm wie verhext hinterher.

Mimi presste beide Hände fest auf ihren Mund, damit sie nicht versehentlich loskreischte, bevor er außer Hörweite war.

»Ahhhhh!«, stöhnte sie schließlich. »Du hast ihn voll umgehauen. Das sag ich dir.«

Lio lächelte. »Der Typ ist wirklich so was von süß.«

Mimi gluckste. »Du bist echt total verknallt. Muss ich nicht verstehen, oder? Ich finde ihn ganz schön eingebildet, wenn du meine Meinung wissen willst. Na ja, das liegt natürlich auch daran, dass die halbe Schule hinter ihm her ist. Ich weiß übrigens, wer das mit dem Lenkergriff war.«

Sie machte eine kleine Kunstpause. »Anne … Damit sie immer etwas von Jasper als Erinnerung hat.«

Lio guckte überrascht. »Was, die auch?«

Mimi kicherte. »Frag lieber, wer nicht …«

Lio drehte sich Richtung Schulgebäude. »Komm, wir müssen wieder.« Sie liefen los.

»Wie ist eigentlich die Stimmung bei euch zu Hause?«, fragte Mimi, als sie den Physikraum ansteuerten.

»Wieso?«, fragte Lio. »Mama ist die ganze Zeit im Laden. Ich sehe sie kaum. Es gibt immer nur Pizza oder Nutellabrote. Übernächste Woche ist Eröffnung.«

Mimi schüttelte den Kopf. »Das meine ich nicht. Wie kommt deine Ma damit klar, dass dein Vater wieder in Hamburg ist? Hat sie gar nicht gemeckert, dass du ihn alleine besuchst?«

Lio seufzte. »Ich hab es ihr noch gar nicht gesagt. Hab mich nicht getraut. Als ich gestern Abend nach Hause kam, telefonierte sie total stinkig wegen der Regale herum. Falsche Lackierung oder so. Heute Nachmittag ist sie gar nicht da. Ich warte noch, bis sie besser drauf ist.«

Mimi sah sie skeptisch an. »Wann soll das sein? Bei meinem Vater macht meine Mutter immer Stress. Da könnte sie vorher sogar im Lotto gewonnen haben. Ich würde das nicht zu lange hinauszögern. Meine Mutter wird bei so etwas echt ungemütlich. Rosalie durfte einen Monat lang nicht mit ihrem neuen Motorroller fahren, weil sie sich damit heimlich mit Papa und seiner Freundin im Eiscafé verabredet hatte.«

Sie waren schon wieder fast zu spät dran, aber zum Glück war der Physikraum noch abgeschlossen, und sie mussten auf ihren Lehrer Herrn Dr. Abel warten.

»Ich hab es dir schon mal gesagt. Meine Mutter ist nicht so. Die können sich gut leiden, im Grunde. Sie leben nur auf total unterschiedlichen Planeten, sagt Mama immer über Papa.« Lio flüsterte die letzten Sätze, weil sie auf keinen Fall wollte, dass die anderen etwas von ihrem Gespräch mitkriegten. Obwohl ein Drittel ihrer Mitschüler auch nur mit einem Elternteil aufwuchs, mochte sie selber nicht gerne darüber sprechen.

Deshalb war sie froh, als Dr. Abel auftauchte und Mimi das Thema wechselte.

Obwohl sie sicher war, dass ihre Mutter nichts dagegen haben würde, dass sie ohne sie zum Hausboot hinausfuhr, fühlte sie sich unwohl. So kriegte sie vom Physikunterricht kaum etwas mit. Kurz vor dem Läuten verkündete Herr Dr. Abel, dass dies die Vorbereitungsstunde auf den nächsten Test am Montag gewesen sei.

Na toll. Mimi war auch keine Leuchte in Physik, deshalb hatte Lio jetzt ein echtes Problem. Stromkreis und Magnetismus waren die Themen, die im Test vorkommen sollten. Lio hatte nicht einmal die Hälfte davon kapiert.

Sie konnte sich leider kaum vorstellen, dass Herr Dr. Abel sich ernsthaft damit zufriedengeben würde, wenn Lio ihm am Beispiel von Jasper erklären wollte, warum man von einem Objekt wie magnetisch angezogen wird.

Plötzlich hatte sie einen genialen Einfall. Wenn sie sich mit ihrer Hausboot-Story beeilte, wollte sie einfach Jasper um ein kurzes Physiktraining bitten.

Warum eigentlich nicht?

»Wo liegt denn das Hausboot von deinem Vater genau?«, fragte Mimi, als sie zum Mittagessen in die Schulkantine liefen. »Ich würde auch gerne mal gucken kommen. So ein Hausboot ist echt krass. Vor Kurzem war ein Bericht darüber im Fernsehen. Manche Hausboote sind teurer als eine ganze Villa an Land. Außerdem bin ich total neugierig auf deinen Vater.«

Lio grinste. »Warte erst mal ab, bis ich bei ihm war. Und so ein luxuriöses Hausboot hat mein Papa ganz bestimmt nicht. Der wohnt wahrscheinlich auf einem Floß mit Zelt. Nee, das ist natürlich Quatsch. Aber in Holland leben ja viele Leute auf einem Hausboot. Da sind die Dinger nicht so teuer.«

Sie spürte plötzlich ein Kribbeln in ihrem Bauch. Ein Glück, dass sie heute keinen Nachmittagsunterricht hatte. Dann konnte sie früher zu ihrem Vater fahren. Dass Mimi ihn kennenlernen wollte, ignorierte sie vorerst. Sie wollte ihn zunächst einmal ganz für sich alleine haben nach der langen Zeit. Hoffentlich kapierte das auch seine Freundin.

»Na, und wo liegt das Hausboot nun genau?«, wiederholte Mimi neugierig. »Keine Angst, ich nehme dir deinen Vater schon nicht weg. Ich habe genug mit meinem eigenen an der Backe.«

Lio schaufelte sich gerade einen Riesenberg Kartoffelbrei und Gemüse auf ihren Teller. Von den Selleriebratlingen nahm sie sich sogar zwei. Stress machte sie immer total hungrig.

»Na, im Spreehafen. Potsdamer Ufer. Wo im Januar dieses süße hellblaue Hausboot ausgebrannt ist. War doch in der Zeitung. Da liegen noch ganz viele andere Boote. Kommt man nur doof hin. Und mein Rad hat ja einen Platten. Ich fahre mit der S-Bahn bis Veddel, dann mit der 13, und den Rest muss ich laufen. Da ist auch irgendwo der Zoll. Wenn ich es nicht finde, muss Papa mich eben aufpicken.«

Mimi überlegte. »He, ich hab eine super Idee. Rosalie kann dich doch mit ihrem Roller hinfahren. Wenn ich ihr erzähle, um was es geht, macht sie das bestimmt. Gute Gelegenheit, bei ihr ein wenig Stimmung zu machen, wegen Jasper. Komm, wir überlegen schon mal, was du ihr genau sagen willst. Sie quatscht das nämlich garantiert an Erik weiter, und dann landet es bei Jasper. Es muss natürlich etwas Cooles sein. Irgendetwas, das Jasper imponiert.«

Lio stöhnte. »Also echt. Verknallt sein ist extrem anstrengend. Als ich mit sechs in Benni verknallt war, fand ich das nicht so kompliziert. Aber dein Vorschlag mit Rosalie ist super.«

Mimi lachte so laut, dass Matte, der am Nebentisch saß und Chemieformeln auswendig lernte, während er sich Spaghetti in den Mund stopfte, genervt zu ihnen herüberguckte. »Hey, Leute. Geht das auch etwas leiser?«, fragte er. »Ich bin wie verrückt am Lernen und hab keinen Bock, in Chemie auch noch eine Fünf zu kassieren.«

Lio seufzte mitleidig. »Sorry. Ich drück dir die Daumen, dass du es schaffst.« Sie schenkte ihm ein solidarisches Lächeln.

»Matte finde ich echt nett«, flüsterte sie Mimi hinter vorgehaltener Hand zu.

Mimi nickte zustimmend. »Ich auch.« Und dabei wurde sie feuerrot.

»MIIIIIIIIIIIMMMMMMMI!« Diesmal war es Lio, die laut loslachte. »Das ist jetzt nicht wahr, oder?«

Matte warf ihr einen vernichtenden Blick zu und hielt sich die Ohren zu.

»Was'n?«, fragte Mimi verlegen.

Lio grinste breit. »Du weißt doch genau, was ich meine.« Sie winkte mit dem Daumen Richtung Matte.

»Hör sofort auf, du bist ja voll peinlich«, rief Mimi erschrocken und drückte Lios Daumen hinunter.

»Nur wenn du es zugibst!« Lio kicherte. »Jetzt sofort.«

Mimi wand sich wie ein Regenwurm. »Weißt nicht. Vielleicht. Kann schon sein. Ich will nicht drüber reden ...«, stammelte sie.

»Ich find's cool«, sagte Lio und grinste. »Kann ja nicht jede Jasper gut finden.« Sie beugte sich nach vorn und flüsterte in Mimis Ohr: »Matte ist auch süß. Jedenfalls, wenn man so schrullige Typen mag. Er ist total nett. Wenn das mit mir und Jasper klappt, verkupple ich dich anschließend mit ihm. Okay?«

Mimi stieß ein lang gezogenes Stöhnen aus und warf sich mit ihrem Oberkörper theatralisch über die Tischplatte. »Das macht mich echt fertig«, jammerte sie.

Im gleichen Moment fing Lio Mattes Blick auf, der erschrocken herüberstarrte.

»Mimi hat einen schlimmen Schock zu verarbeiten«, entschuldigte sie sich. »Sie ist gleich wieder normal.«

Matte nickte nicht besonders überzeugt. »Hoffentlich. Das kommt ja echt gruselig. Wie in dem Zombiefilm, den ich am Wochenende gesehen habe.«

Die Tatsache, dass Martin sie mit einem Zombie verglich, setzte Mimi noch mehr zu. Sie bekam überall rote Flecken im Gesicht.

»Hi. Hast du was von dem giftgrünen Pudding gegessen, Schwester?« Rosalie kam mit Erik vorbei und starrte Mimi neugierig an.

»Quatsch!« Mimi atmete tief durch. »Nur eine kleine Schwächeattacke.«

Sie sah Erik und erinnerte sich sofort wieder an ihre Mission.

»Rosalie, kannst du Lio einen riesigen Gefallen tun? Dann hast du zu Hause einmal Küchendienst bei mir gut«, bettelte sie.

»Was soll das werden? Küchendienst tauschst du doch sonst nie«, fragte Rosalie misstrauisch.

»Mein Vater hat mit seinem Hausboot in Harburg angelegt«, sagte Lio. »Mein Fahrrad hat einen Platten, und ich will meinen Vater heute Nachmittag besuchen. Mimi meinte, ich könnte dich fragen, ob du mich mit deinem Roller hinbringst. Ich weiß nämlich nicht genau, wo das ist.«

Eriks Gesicht hellte sich auf. »Krass. Hat Jasper schon überall herumerzählt. Du machst 'ne coole Boot-Undercover-Story für *Re@lity*, stimmt's? Finde ich super.«

Lio spürte ein Grummeln in ihrem Magen. »Undercover?«, fragte sie verwirrt. Aber sie hatte gerade nicht den Nerv, nachzuhaken, was genau Jasper damit meinte.

»Dein Vater wohnt auf einem Hausboot?«, fragte Rosalie. »Das muss ich mal unserem Vater vorschlagen. Okay, geht klar. Nach dem Basketballtraining. Um drei Uhr vor dem Schultor. Sei pünktlich!«

05

AUF ROSALIES MOTORROLLER DURCH DIE AUFGEHEIZTE STADT ZU JAGEN, war der Hit.

Lio lachte und klammerte sich mit beiden Händen an ihrem Sitz fest. Erik hatte ihr sogar seinen schwarzen Helm geliehen.

Es machte einfach Spaß.

»Sobald ich sechzehn bin, mach ich auch meinen Roller-Führerschein«, brüllte sie Rosalie ins Ohr. Sie wusste zwar jetzt schon, was ihre Mutter davon halten würde, aber sie konnte ja schon mal damit anfangen, ihren Vater zu bearbeiten. Gut, dass er gerade in Hamburg war.

»Hier musst du, glaube ich, abbiegen«, rief Lio hektisch. Sie hatte in der Ferne ein paar mit bunten Fahnen geschmückte Masten entdeckt, und die gestrichenen Boote, die dazugehörten, sahen so einladend aus wie möblierte Badewannen.

Rosalie fuhr eine riskante Kurve und donnerte den schmalen Steg entlang. Kurz vor dem ersten Boot hielt sie an.

»Kann man hier auch Zimmer mieten?«, fragte Rosalie begeistert und klemmte sich ihren Helm unter den Arm. »Beim nächsten Streit bei uns zu Hause heuere ich hier an.«

Sie schaute sich nach Lio um, die stumm hinter dem Roller stehen geblieben war. »Hey. Alles klar bei dir?«

Lio nickte und starrte zu den Booten hinüber. »Ich glaube, das knallrote mit der holländischen Fahne ist es.«

Rosalie sah Lio an. »Du triffst deinen Vater nicht besonders oft, oder? Ich fahr dann mal wieder los. Viel Spaß und bleib cool.« Sie klopfte Lio auf die Schulter, befestigte Eriks Helm am Gepäckträger und drehte den Starter.

Im gleichen Augenblick sprang jemand aus dem roten Hausboot mit einem waghalsigen Sprung auf den Steg und winkte. »Hey, Lio. Hier bin ich!«

Lio erwachte wie aus einer Trance und begann, wie ein Flummi auf und ab zu hüpfen. »Juchuh, Papa!« Sie strahlte über das ganze Gesicht und raste auf ihn zu.

»Du bist ja wie verrückt gewachsen, Liora!«, sagte er immer wieder und drückte sie an sich.

Dagegen fand Lio, dass ihr Vater sich kaum verändert hatte. Auch wenn es schon fast ein Jahr her war, seit er sie das letzte Mal besucht hatte. Und er rollte noch immer genauso lustig das holländische ›r‹, wenn er *verrückt* oder *Liora* sagte. Er war der Einzige, der sie meistens bei ihrem richtigen Namen nannte.

»Jetzt willst du bestimmt meine neue Wohnung sehen. Komm mit!« Er zog sie an der Hand mit sich und half ihr über die Außenleiter auf das rote Holzboot.

Unschlüssig blieb sie an Deck stehen und schaute sich um.

Als Erstes entdeckte sie ein paar Gartenstühle, die um einen Tisch standen. Er war noch nicht ganz abgedeckt, und es war eindeutig, dass ihr Vater nicht alleine Mittag gegessen hatte.

»Patty und Orpheus sind gerade losgegangen, um Kuchen für uns zu besorgen«, sagte Robert.

»Ach so«, erwiderte Lio. Sie war irgendwie erleichtert darüber, seiner neuen Freundin nicht sofort zu begegnen.

Das Hausboot war größer, als es ihr auf den ersten Blick vorgekommen war.

Sie kletterten hinunter in die Kombüse. Sah eigentlich aus wie eine ganz normale Küche, nur ein wenig kleiner. Es gab Schränke, sogar ein Regal. Allerdings waren die Möbel festgeschraubt, sogar der Tisch.

Lio fiel das Puppenhaus ein, das ihr Vater ihr mal gebaut hatte und mit dem sie als kleines Mädchen so gerne gespielt hatte. Ein bisschen erinnerte sie dieses Boot daran.

Obwohl die Sonne draußen immer noch vom Himmel knallte, konnte man es in der Kombüse gut aushalten. Es war ein leichter Wind aufgekommen, und das Hausboot schaukelte sanft hin und her.

Lio verlor plötzlich das Gleichgewicht. »Ups«, rief sie und hielt sich an ihrem Vater fest.

»Ja, es ist hier so gemütlich wie in einer Babywiege.« Robert lachte. »Besonders schön ist es nachts. Du musst hier unbedingt mal schlafen.«

Das hörte sich gut an. Lio fiel ihre Reportage wieder ein. Für ein paar Minuten hatte sie sogar Jasper vergessen gehabt. »Total gerne, Papa.« Hoffentlich war Patty nett. Aber das sagte sie lieber nicht laut.

»Drei Schlafzimmer gibt es auch. Zwei davon haben sogar eine Dusche«, fuhr ihr Vater fort. »Habe ich alles selber umgebaut. Das Boot gehörte vorher Carl, einem alten Freund von mir, der es – wie sagt man das denn auf

Deutsch – *slopen* wollte?« Er wusste nur das holländische Wort dafür.

»Abreißen?«, fragte Lio erstaunt. »Er wollte das Boot verschrotten lassen?«

Lios Vater lächelte erfreut. »Hey, du sprichst ja noch perfekt Holländisch.«

Das stimmte nicht ganz. Als ihr Vater noch bei Lio und ihrer Mutter lebte, hatte Lio mit ihrem Vater tatsächlich nur Holländisch gesprochen. Aber jetzt hatte sie das meiste wieder verlernt.

Lio schüttelte verlegen den Kopf. »Nee, gar nicht. Aber es gibt im nächsten Schuljahr einen Aufbaukurs Niederländisch an unserer Schule. Da mache ich wahrscheinlich mit.«

Sie ging neugierig weiter. »Warum wollte er das Hausboot denn nicht mehr?«

Lios Vater stocherte mit einem kleinen Schraubenschlüssel mit kritischem Blick im Holz herum. Es bröselte ein wenig Holzstaub heraus. »Es gab viele morsche Stellen, weil das Boot ein paar Jahre an Land lag. Das ist nicht gut für Schiffe, das Holz wird dann mürbe. Aber ich habe die kaputten Planken schon fast alle ausgetauscht.«

Sie gingen weiter. »Und das ist unser Wohnzimmer.« Er öffnete die Tür zu einem lichtdurchfluteten Raum mit einem nagelneuen Fußboden, der nach frischem Holz roch, und lauter Fenstern rundherum. Sah richtig schick aus.

Begeistert schmiss sich Lio auf das gemütliche froschgrüne Sofa. Auf dem Tischchen davor stapelten sich jede Menge Bücher und Zeitungen, auf dem Fußboden lag ein nicht beendetes Malefiz-Spiel, und in der Ecke stand sogar ein kleiner Fernseher mit Musikanlage.

»Ist ja toll hier. Und riesig groß. Von außen sah das alles viel kleiner aus.«

Lios Vater nickte. »Genauso ist es. Patty und ich wollen oben an Deck vielleicht ein kleines *Pannenkoek und Poffertje Huis* eröffnen«, sagte er. »Bei Regen könnte man hier unten essen.«

»Das ist ja super!«, rief Lio begeistert. »Das heißt, du bleibst diesmal wirklich länger in Hamburg?« Im selben Augenblick begann draußen ein Hund wie verrückt zu bellen.

»Das ist Orpheus!«, rief Lios Vater. »*Kom aan.* Du wirst ihn sicher mögen.«

Der Hund war bestimmt nicht das Problem, dachte Lio. Sie liebte Hunde, und Hunde liebten Lio. Egal ob winzig oder riesengroß. Hoffentlich war Patty genauso nett wie ihr Hund.

Sie hatte plötzlich ein ziemlich flaues Gefühl im Magen, als sie hinter ihrem Vater wieder an Deck kletterte. Im selben Augenblick schoss ein zotteliges schwarz-graues Bündel auf sie zu und warf ihren Vater beinahe um.

Der Hund begrüßte Robert begeistert und schleckte ihm mit der Zunge über das Gesicht. »Pfui, Orpheus, aus!«, rief er und lachte.

»Der hat ja Dreadlocks!«, rief Lio überrascht.

Orpheus hielt inne und wurde auf Lio aufmerksam. Fragend hielt er den Kopf schief und musterte sie aus dunklen Knopfaugen.

»Orpheus, *zeg dag* zu Lio!«, befahl Lios Vater.

Zu ihrer Überraschung streckte er eine Pfote in ihre Richtung und winselte.

»Hey!«, rief Lio und ergriff beeindruckt seine Pfote. »Du bist ja ein Lieber.« Sie wuschelte seinen Kopf. »Der ist total süß, Papa!«, rief sie. »Einen Hund wollte ich schon immer haben.« Sie umarmte das wollige Tier.

»Dann gehst du gerne bald mit ihm spazieren«, sagte eine Frauenstimme in holprigem Deutsch zu Lio. »Er sucht noch eine Freundin.«

Lio fuhr hoch. Vor ihr stand eine braun gebrannte Frau mit tollen roten Haaren, die fast ebenso lockig aussahen wie das Fell von Orpheus. Sie trug ein kurzes geblümtes Sommerkleid mit Turnschuhen und lächelte Lio neugierig an.

»*Welkom aan boord*«, sagte sie. »Ich bin Patty.« Sie hielt Lio ihre Hand hin.

»Hallo, ich heiße Liora«, erwiderte Lio etwas verlegen.

Sie wusste nicht genau, wie sie sich die Freundin von ihrem Vater überhaupt vorgestellt hatte. Auf jeden Fall war sie völlig anders als ihre Mutter. Ein bisschen vielleicht wie Kate Moss. Und ganz schön hippiemäßig. Auf den ersten Blick wirkte sie nett.

»*Is Niclas opstaan?*«, fragte Patty in Richtung Lios Vater.

Robert schüttelte den Kopf. »Nein, der schläft noch.«

»Na, dann wird es aber Zeit, was meinst du, Liora? Ich werde den jungen Mann aus den Federn werfen, damit er der jungen Dame ordentlich *dag* sagt.«

Sie verschwand eilig unter Deck.

»Wer ist Niclas?«, fragte Lio.

Lios Vater grinste. »Keine Angst, Niclas beißt genauso wenig wie Orpheus. Er ist Pattys *jongen*.«

»Patty hat ein Kind?«

Lios Vater nickte. »Ja, er ist ein wenig älter als du. *Zestien.*«

Lios Augen weiteten sich. »Sechzehn???«

»Ja, genau. Sechzehn. Aber wie das bei Jungen so ist. Manchmal benimmt er sich wie höchstens zehn. Du wirst ihn ja gleich kennenlernen. Er ist genauso nett wie Patty.«

Das wagte Lio zu bezweifeln. Die Jungs an ihrer Schule, egal ob zehn oder sechzehn, waren die meiste Zeit total nervig. Ausnahmen wie Jasper bestätigten natürlich die Regel. Wenn ihr Vater behauptete, dass dieser Niclas sich manchmal wie ein Zehnjähriger verhielt, dann war Pattys Sohn mit hoher Wahrscheinlichkeit total ätzend.

Plötzlich war sie sauer, dass ihr Vater ihr nicht schon am Telefon gesagt hatte, dass er mit einer ganzen Großfamilie in Hamburg aufgetaucht war. Das war irgendwie nicht fair. Und sie konnte sich nicht vorstellen, dass ihre Mutter das gut fand. Obwohl es sie natürlich eigentlich nichts mehr anging. Trotzdem brauchte Lio nicht viel Phantasie, um sich den Gesichtsausdruck ihrer Mutter vorzustellen, wenn sie diese Patty, Niclas und das verstrubbelte Wollmonster zum ersten Mal sah. Wenn es überhaupt so weit kommen würde.

»Was ist los, Liora? Bist du böse, dass ich Niclas nicht erwähnt habe?«

Papa hatte wie immer den Durchblick. Er nahm sie fest in seine Arme und flüsterte in ihr Ohr: »Vielleicht hatte ich Angst, dass du dann nicht herkommst. Ich habe dich *heel schlimm* vermisst.«

Ohne dass Lio es verhindern konnte, schossen ihr plötzlich die Tränen in die Augen. »Ich dich auch Papa. Ich hab dich auch ganz doll vermisst.« Sie versuchte mit aller Macht, den Kloß hinunterzuschlucken, der in ihrem Hals steckte und sie fast erstickte. Es kam wirklich nicht mehr oft vor. Aber in diesem Augenblick wünschte sie sich nichts mehr, als dass ihre Eltern immer noch zusammen wären. Auch wenn sie wusste, dass das nie geklappt hätte mit ihnen. Schon deshalb, weil Mama auf jeder Nussschale furchtbar seekrank wurde.

»So, das ist der jugendliche Langschläfer!«, ertönte Pattys fröhliche Stimme. »Niclas! Das ist Liora, Roberts Tochter. Ich hoffe, ihr werdet *beste maten.*«

Das konnte sich Lio beim besten Willen nicht vorstellen. Auch wenn Papa und Patty sich das wünschten. Niclas und sie gute Kumpel? Sorry! Das klappte niemals, so etwas erkannte Lio wirklich auf den allerersten Blick.

Der Junge hatte genauso verstrubbelte Haare wie Patty und Orpheus und war nur wenig kleiner als seine Mutter. Allerdings waren seine Locken kurz und kastanienbraun. Er hatte meergrüne Augen. Sie musterten Lio ziemlich verschlafen, bevor Niclas nach einem grummeligen *Hey* in Richtung Badezimmer verschwand.

Na super, dachte Lio.

So hatte sie sich ihr Wiedersehen mit ihrem Vater nicht vorgestellt. Das konnte ja heiter werden. Dieser Niclas war ungefähr der letzte Typ, mit dem sie ihren Vater teilen wollte.

Und das konnte auch ruhig jeder wissen.

06

»DAS KANNST DU DIR ECHT NICHT VORSTELLEN, MIMI!« Lio schrie ihre Empörung so laut in ihr Handy, dass mehrere Leute auf dem Bahnsteig sie genervt anstarrten. »Völlig neben der Rolle, dieser Typ!« Sie lief aufgeregt auf und ab und hielt nach der verspäteten S-Bahn Ausschau.

Ein Sprecher verkündete durch den Lautsprecher, dass die Einfahrt des Zuges sich noch um weitere Minuten verzögern würde.

»Was?« Sie hielt sich das andere Ohr mit der Hand zu und versuchte, Mimi in dem ganzen Bahnsteiglärm um sich herum zu verstehen.

»Ach so. Patty heißt die. Eigentlich ganz nett. Grinst mich immer an und macht einen auf gut Wetter. Aber dass Papa so ein Getue um ihren Sohn macht, geht mir ziemlich auf den Geist. … Was? … Nein, Papa will unbedingt, dass ich Niclas auch nett finde, wegen Patty. Aber das kann er für immer und ewig vergessen. Auch wenn der richtig gut Gitarre spielt. Am besten finde ich den Hund.«

In diesem Augenblick hielt die S-Bahn. Lio wurde mit einer Menschentraube in ein Abteil hineingeschoben.

»Du, ich muss jetzt auflegen. Der Zug ist rappelvoll. Bis morgen. … Wie? … Ich verstehe dich nicht. Was hat meine

Mutter? … Mimi! Das kannst du mir morgen erzählen. Tschüss.«

Gerade als Lio die Wohnungstür aufschließen wollte, wurde diese von innen geöffnet.

»Mama!«, rief Lio überrascht. »Wieso bist du denn heute schon zu Hause?«

Sie stellte ihren Schulrucksack im Flur ab und folgte ihrer Mutter in die Küche. Erstaunt stellte Lio fest, dass ihre Mutter gerade dabei war, das Essen vorzubereiten. Im Backofen brutzelten Hähnchenschenkel in Tomaten, sogar der Tisch war schon gedeckt.

»Ist ja toll!«, sagte Lio. »Das haben wir lange nicht mehr gehabt. So richtig Abendessen für uns beide.« Sie klaute sich ein Stück Paprika aus der Schüssel.

»Ich bin schon eine Weile zu Hause«, sagte ihre Mutter und verteilte Salatsoße über einem bunten Salat. »Und was hast du inzwischen getrieben?«

Lio beschloss spontan, dass sie ihrer Mutter nicht das Abendessen verderben würde, indem sie ausgerechnet jetzt mit der Wahrheit herausrückte.

»Ach, dies und das«, antwortete sie ausweichend.

»Dies und das?«, bohrte ihre Mutter nach. »Was heißt das genau?«

Lio stutzte einen kurzen Augenblick und sah ihre Mutter prüfend an. Aber wahrscheinlich hatte sie nur ein schlechtes Gewissen und sich vorgenommen, sich wieder mehr um Lio zu kümmern. Die Fragerei sollte beweisen, dass sie sich für Lio interessierte. Mütter hatten ab und zu so seltsame Anwandlungen.

»Na, erst in der Schule, dann Schülercafé-Dienst, dann nur so rumgehangen und schließlich noch bei Mimi gechillt bis gerade eben«, sagte Lio möglichst vage.

Lios Mutter setzte die Schüssel mit einem Knall auf den Küchentisch.

»Falsch«, sagte sie scharf. »Ich habe vor einer halben Stunde bei Mimi angerufen und mit ihrer Mutter telefoniert. Wo warst du also wirklich?«

Lio stieg schlagartig die Hitze in den Kopf. »Wird das ein Verhör, oder was?«, rief sie. »Wieso telefonierst du hinter mir her?« Sie versuchte, im Gesicht ihrer Mutter zu lesen, was passiert war. Plötzlich hatte sie eine schlimme Vorahnung.

»Robert hat mich vorhin angerufen. Er ist in Hamburg. Aber das weißt du ja bereits alles. Du warst doch bei ihm. Warum lügst du mich deswegen an? Hat Robert dir das geraten?«, fragte ihre Mutter mit gepresster Stimme und begann wütend, den Salat mit dem Dressing zu vermengen.

Lio starrte ihre Mutter verdattert an. »Ach du Scheiße.« Ihre Mutter hasste es zwar, wenn sie solche Wörter benutzte. Aber das war jetzt auch egal.

»Antworte mir. Hat Robert dir gesagt, du sollst mich anlügen?«, hakte ihre Mutter nach.

»Aber Papa wusste doch überhaupt nicht, dass ich es dir nicht erzählt habe. Ich wollte es dir gestern sagen, aber dann hattest du so viel Ärger mit dem Laden, und da habe ich dann erst mal lieber nichts gesagt. Ich weiß selber nicht genau, warum. Und jetzt bist du stinkig auf Papa, dabei kann der gar nichts dafür«, verteidigte sich Lio. Ohne dass sie es verhindern konnte, schoss ihr ein Schwall Tränen aus den

Augen. Sie tropften ohne Halt auf den Küchentisch, während Lio laut vor sich hin schluchzte.

Lios Mutter ließ das Salatbesteck sinken und starrte ihre Tochter an. »Es tut mir leid, Lio«, sagte sie schuldbewusst. »Keine Ahnung, was plötzlich in mich gefahren ist. Ich war auf einmal so sauer auf Robert. Taucht hier mit einem Hausboot und einer neuen Familie auf und bringt alles durcheinander. Dabei habe ich doch genug Stress mit dem Laden.« Sie zuckte hilflos mit den Schultern.

»Aber deshalb brauchst du doch nicht gleich mit mir herummeckern«, sagte Lio und schluchzte. »Das ist gemein von dir. Und was hat Papa mit deinem Laden zu tun? Ich hab mich total gefreut, ihn endlich wiederzusehen.«

Ihre Mutter sah sie an. »Gemein findest du mich? Gemein ist, dass du mich wegen Robert anlügst.«

Lio schüttelte heftig den Kopf. »Aber das hab ich doch gar nicht. Ich wollte ja gerade nicht, dass du Stress kriegst und wegen Papa genervt bist. Und Patty und Niclas und Orpheus sind supernett. Und es war total lustig auf dem Hausboot. Ach, und noch was: Hunger hab ich auch nicht mehr.«

Sie floh aus der Küche in ihr Zimmer und knallte die Tür lautstark hinter sich zu. Heulend warf sie sich aufs Bett und vergrub sich in ihre Kissen.

Irgendwie hatte sie schon den ganzen Nachmittag befürchtet, dass Mama nicht gerade entspannt auf Patty und Co. reagieren würde. Manchmal machte ihre Mutter sie so wütend, wie ihr Vater ihre Mutter wütend machen konnte.

Echt verrückt.

Hatte sie gerade wirklich behauptet, Niclas sei nett? Oh

nein! Und das nur, um Mama auf die Palme zu bringen. Hoffentlich kam das niemals raus.

Es klopfte leise an der Tür. Ihre Mutter kam mit einem Tablett herein.

»Zimmerservice«, sagte sie. »Der Hunger kommt mit dem Essen. Du kannst mir doch nicht weismachen, dass du dein Lieblingsgericht verschmähst.«

Sie stellte das Tablett ab, legte sich neben Lio aufs Bett und schloss sie ganz fest in ihre Arme.

Manchmal konnte Mama auch echt cool sein, fand Lio, als sie sehr viel später alleine in ihrem Bett lag und den vollen Mond im Nachthimmel anstarrte.

Schade, dass das so selten vorkam.

Jedenfalls war dieses Abendessen-Picknick auf dem Fußboden das Lustigste gewesen, was Lio mit ihrer Mutter in den letzten Monaten erlebt hatte. Mit den leckersten Hähnchenschenkeln der Welt in ihrem Bauch träumte sie in dieser Nacht von einer abenteuerlichen Reise mit dem Hausboot ihres Vaters, die damit endete, dass Jasper auftauchte und sie auf hoher See küsste.

07

»DEN ÄRGER HABE ICH DIR DOCH SCHON VON ANFANG AN PROPHEZEIT«, sagte Mimi.

Sie stand hinter der Theke im Schülercafé und wusch Berge von Geschirr ab, weil die Spülmaschine wieder einmal nicht funktionierte.

Sie arbeitete den mit Lio getauschten Dienst nach, aber Lio leistete ihr aus Solidarität Gesellschaft. Schließlich hatte Mimi eigentlich Lio einen Gefallen mit dem Tausch getan und nicht umgekehrt.

»Eltern sind einfach unberechenbar«, seufzte Lio. »Warum können meine Eltern sich nicht in Ruhe lassen? Das macht mich noch verrückt. Wie soll ich die Reportage für die Zeitung schreiben, wenn Mama jedes Mal ausflippt, sobald ich zum Hausboot fahre …«

Mimi drückte Lio ein Geschirrtuch in die Hand. »Polier mal die Gläser. Das entspannt. Und übrigens: Eltern sind gar nicht unberechenbar. Sie sind total durchschaubar, wenn man sie einmal kapiert hat. Du musst Eltern mit ihren eigenen Argumenten schlagen. Bei mir war das damals so …«

Bevor sie weitersprechen konnte, tauchte Matte auf.

Anscheinend war er nicht ganz so gestresst wie in den

letzten Tagen, er grinste über das ganze Gesicht, als er Mimi erblickte.

»Ah. Das Katastrophengirl ist schon wieder im Einsatz. Dann mach mir mal 'nen leckeren Kakao mit doppelt Sahne. Aber bitte ohne Kreischattacke.«

Er zwinkerte Lio zu und sagte: »Hat deine Freundin ihre Midlife-Crisis überwunden?«

Lio kicherte los, sagte aber lieber nichts. Stattdessen signalisierte sie Mimi heimlich Daumen-nach-oben, was übersetzt so viel heißen sollte wie: Cool! Der Typ will was von dir, oder warum redet der so einen Mist?

Mimi war inzwischen so rot im Gesicht wie eine reife Himbeere und fummelte hektisch mit der Sprühsahne über dem Kakaobecher herum.

»Kommst du klar?« Lio grinste und nahm Mimi die Dose aus der Hand.

»Erst kräftig schütteln, dann die Hand kreisförmig bewegen«, belehrte sie ihre Freundin und begann, kunstvolle Röschen in den Becher hineinzusprühen. Plötzlich flog die Tür auf, und Jasper kam herein.

»Huch«, sagte Lio und starrte gebannt zu ihm hinüber.

»Hi, Liora Nova!«, rief Jasper gut gelaunt. »Hast du schon auf dem Hausboot von deinem Dad ermittelt?«

»Ähm«, krächzte Lio, als hätte sie das Sprechen verlernt.

»Äh, hallo, Lio? So viel Sahne wollte ich eigentlich gar nicht«, sagte Matte.

Lio zuckte zusammen und nahm den Finger vom Sprühknopf. Der Becher wurde von einem voluminösen Sahneberg überragt.

»LIO!!!«, kreischte Mimi. »Matte hat recht. Das ist jetzt

echt ein bisschen viel geworden.« Sie bekam einen Lachflash.

»Oh nein«, stöhnte Matte. »Ist es wieder so weit?«

Er sah Mimi an. »Wie viele von diesen Anfällen hast du denn so pro Woche, und hört das irgendwann auch wieder auf?« Diese Frage schien ihn ernsthaft zu beschäftigen.

»Matte, das tut mir wirklich leid«, stammelte Lio, die endlich ihre Sprache wiedergefunden zu haben schien. »Ich berechne dir dafür auch nichts extra.«

Matte sah Lio empört an. »Das wäre ja noch schöner.«

Er holte einen Euro aus der Hosentasche und knallte ihn auf den Tisch.

»Was stellt ihr euch denn so an? Lecker Sprühsahne. Je mehr, umso besser.« Jasper grinste. Er beugte sich ganz nah an Lio vorbei über die Theke, angelte sich einfach einen Löffel aus der Schublade und begann, die Sahne voller Genuss aufzuessen.

»He, Japser! Lass mir noch was drin!«, protestierte Matte. »Den Kakao hatte eigentlich ich bestellt.« Er warf Mimi einen vorwurfsvollen Blick zu. »Falls ich ihn jemals kriege.«

»Hast du gerade J – a – p – s – e – r gesagt?«, sagte Mimi und legte noch eine Extrarunde Gelächter ein.

Sie wischte sich mit dem Geschirrtuch erst die Lachtränen aus dem Gesicht und dann damit den Becher sauber. »Kakao ist sofort klar, Matte«, sagte sie. Sehr viel Sahne hatte Jasper wirklich nicht mehr übrig gelassen.

»Soll ich noch mal Sahne nachsprühen?«, fragte Mimi.

Matte schüttelte den Kopf. »Auf gar keinen Fall!«

Er nahm ihr den Becher ab und flüchtete sich ganz nach hinten auf das Sofa.

»Jetzt erzähl doch mal, Lio«, sagte Jasper. »Wie war denn deine erste Nacht auf dem Hausboot?«

Lio versuchte, einen coolen Tonfall anzuschlagen und ihm bei ihrer Antwort auf keinen Fall in die Augen zu schauen.

»Nee, so schnell geht das nicht; mein Vater hat ja gerade erst angelegt. Ich habe aber schon mal die Fühler ausgestreckt.«

Jasper guckte enttäuscht. »Okay. Aber wir haben nicht ewig Zeit. Mit einer abgefahrenen **Lio-Live-Story** könnten wir sogar beim Schülerwettbewerb Chancen haben. Ich zähl auf dich, Supergirl!« Er streckte zwei Finger zum Victoryzeichen in die Luft.

Lio merkte, wie ihr Puls vor Freude zu rasen anfing.

War doch super gelaufen. Zum ersten Mal hatte sie nicht gegen ihre Panik ankämpfen müssen, vor Aufregung aus den Latschen zu kippen, wenn er mit ihr redete, und sie hatte gespürt, dass er sie ernst nahm.

Lio Live. Das hörte sich doch gut an.

Jetzt wagte Lio doch einen flüchtigen Blick in Jaspers himmelblaue Augen. Diese Hundertstelsekunde reichte aus, um sie wieder völlig aus der Bahn zu werfen.

»Bis dann«, waberte ein Stimmfetzen an ihr Ohr.

»Ja«, antwortete sie mit schwacher Stimme. Sie fühlte sich so angenehm schwindelig, als würden ihre Beine jeden Augenblick vom Boden abheben, und dann würde sie wie ein Schmetterling durch das Zimmer flattern.

»Lio schafft das schon«, hörte sie Mimi aus weiter Ferne säuseln. »Du musst ihr einfach nur vertrauen, Jasper.«

Plötzlich verwandelte sich Mimis Stimme in ein messerscharfes Reibeisen.

»Lios Hausboot-Story ist in jedem Fall tausendmal cooler als deine doofe Modelgeschichte. Du brauchst echt gar nicht so dumm zu grinsen, Eva.«

Eva???

Lio kam im Sturzflug auf den Boden der Realität zurück. Sie riss die Augen auf und sah als Erstes Evas lange bleiche Arme, die Jasper wie Saugnäpfe umschlungen hielten.

»Ich habe wirklich keinen blassen Schimmer, was du meinst, Mimi«, erwiderte Eva zuckersüß. »Ich bin nur hier, um meinen Freund daran zu erinnern, dass er mir ein Eis versprochen hat.«

Jasper befreite sich mühsam aus Evas Umklammerung, und Lio hatte den Eindruck, dass ihm die Bezeichnung Freund irgendwie peinlich war.

»Eis?«, sagte Jasper und zog ein lustloses Gesicht. »Ich bin in diesem Monat schon ziemlich abgebrannt, ehrlich gesagt. Außerdem bin ich pappsatt. Lio hat gerade eine Runde Sprühsahne ausgegeben.«

Evas Augen verengten sich zu streichholzbreiten Schlitzen.

»Schade«, sagte sie frostig und schaffte es nicht, den Ärger in ihrer Stimme zu unterdrücken.

»Machst du jetzt deshalb Stress, oder was?«, fragte Jasper. Er wühlte in seiner Hosentasche und brachte eine Handvoll Kleingeld zum Vorschein. »Für ein Wassereis reicht es gerade noch«, sagte er versöhnlich.

Eva lachte begeistert.

Jasper legte den Arm um ihre Schultern, und sie verschwanden.

»Ein echtes Dream-Team«, spottete Matte vom Sofa aus. »Ich bin so was von heilfroh, dass ich Single bin.«

»Es sind doch nicht alle Mädchen solche blöden Ziegen«, widersprach Mimi.

Matte zuckte mit den Schultern. »Na, okay. Es sind ja auch nicht alle Jungs solche Vollpfosten. So gesehen passt es schon wieder.« Er rappelte sich hoch und wollte ebenfalls los.

»Halt. Wen meinst du denn mit Vollpfosten?«, rief Lio ihm hinterher.

»Frag deine Freundin«, wich er aus. »Wenn sie nicht gerade irre ist, hat sie ziemlich den Durchblick.«

Er grinste Mimi an. »Bis dann«, rief er und ging.

»Hach«, sagte Mimi euphorisch. »Ist der süß verpeilt.«

Lio zog ein finsteres Gesicht, tief in Gedanken versunken.

»Eva erinnert mich an einen Oktopus. Wie die Jasper immer umklammert …«, sagte sie und schüttelte sich. »Jasper und ich sind füreinander bestimmt. So etwas spürt man doch. Was meinst du?« Sie sah Mimi erwartungsvoll an.

Aber ausnahmsweise bekam sie keine Antwort.

Ihre beste Freundin starrte bereits minutenlang auf den leeren Kakaobecher, den Matte vor ihr abgestellt hatte, und malte mit ihrem Zeigefinger versonnen Herzchen in die Sahnereste auf der Theke.

08

ALS LIO NACH DER LETZTEN STUNDE nach Hause bummelte, konnte sie sich nicht im Geringsten an den Unterrichtsstoff des Tages erinnern. Ihre Gedanken kreisten abwechselnd um Jasper, Eva und das Hausboot ihres Vaters.

Als sie den Hansaplatz überquerte, entdeckte sie Jonny Duin. Er saß am Fuß des Brunnens und stimmte seine Gitarre.

»Hey, Jonny!« Lio hockte sich neben ihn und hörte ihm eine ganze Weile einfach nur zu.

Schließlich schlug er einen Akkord an und sah sie prüfend an. »Sorgen?«, fragte er.

Lio zuckte mit den Schultern und seufzte. »Irgendwie schon«, sagte sie. »Papa ist wieder da. Er hat jetzt ein Hausboot und eine neue Familie. Und ein Junge, den ich nett finde, ist schon vergeben.«

Jonny Duin stieß einen überraschten Pfiff aus.

The times they are a-changin', sang er und improvisierte eine kurze Melodie dazu. »Das haben dein Vater und ich oft gesungen. Damit kam immer viel Geld rein. Die Leute mögen solche Songs. Ist von *Bob Dylan.*« Er hielt Lio seine Gitarre hin. »Möchtest du es lernen? Die Griffe sind nicht schwer.«

Lio schüttelte den Kopf. »Nee, heute bin ich nicht in Stimmung dafür.«

Jonny nickte.

»Okay. Wenn du deinen Vater triffst, dann grüß ihn mal von mir. Vielleicht hat er ja Lust auf das Hafenfest. Dann können wir mal wieder zusammen auftreten. Sag ihm, ich ziehe das *Johnny-Cash*-Hemd an.«

Er lächelte sie aufmunternd an. »Mach dir keinen Kopf. Das nützt sowieso nichts.« Er fing wieder an zu spielen.

Lio stand auf und schaute ihm noch eine Weile aus der Entfernung zu. Sie konnte sich nicht recht entschließen, nach Hause zu gehen.

Seit ihrem Besuch auf dem Hausboot hatte ihr Vater sich nicht bei ihr gemeldet. Nicht mal per SMS. Ob ihre Mutter es ihm verboten hatte? Wenn ja, dann war das ganz schön gemein. Leider war ihr so etwas zuzutrauen. Ohne dass Lio einen Beweis dafür hatte, wurde sie auf einmal total sauer auf ihre Mutter.

Ein paar Touristen schwärmten vorbei, sie unterhielten sich aufgeregt über die Sehenswürdigkeiten, die sie bereits abgeklappert hatten. Neugierig blieben sie vor Jonny stehen.

»*For the times they are a-changin'*«, beendete Jonny Duin das *Dylan*-Lied.

»Bravo!« Die Touristen warfen ihm reichlich Kleingeld in die Büchse, die er vor sich auf dem Fußboden stehen hatte. Dann liefen sie plappernd weiter.

Jonny zwinkerte Lio zu, und sie lächelten sich an.

»Bis zum nächsten Mal«, rief er ihr zu. »Schnapp dir mal deine eigene Gitarre, dann bringe ich dir den Song bei. Damit kannst du dein Taschengeld aufbessern.«

Ja, genau, dachte Lio. Das mache ich. Auch wenn es Mama nicht passt, dass ich auf Papas Gitarre spiele und mit Jonny Duin quatsche. Aber das geht sie sowieso nichts an.

Ihre Stimmung war total im Keller. Sie nahm sich vor, noch heute Abend mit ihrer Mutter darüber zu sprechen, wann sie wieder zu Papas Hausboot hinausfahren würde. Ihre Mutter konnte ihr das doch nicht einfach verbieten. Sie bekam ein ganz mulmiges Gefühl.

Als sie in den Hausflur trat und an ihrem Fahrrad vorbeilief, stutzte sie.

Der platte Reifen war ja repariert. Wie konnte das denn sein? Sie prüfte mit zwei Fingern den Luftdruck und hob das Vorderrad an. Es bestand kein Zweifel! Hatte ausgerechnet ihre chronisch gestresste Mutter Lios Fahrrad geflickt?

Gleich als sie die Wohnungstür aufschloss, merkte sie, dass sie schon da war. Und zwar nicht allein. Sie sprach mit jemandem, der sich anhörte wie …

Lio bekam einen riesigen Schreck.

»Papa!« Lio lief ins Wohnzimmer und umarmte ihren Vater. Erst nachdem sie ihn eine Weile atemlos gedrückt hatte, entdeckte sie, dass noch mehr Besuch da war.

»Hey, Liora!«, winkte ihr Patty freundlich zu. Sie stand draußen auf dem Balkon und rauchte. »Kommst du jetzt erst *ut school? Taff* Mädchen.« Sie guckte zur Seite. »*Kiek*, Niclas. *Nu* ist Lio da. Du musst dir nicht mehr langweilen.«

»*Dat is* dich *langweilen, Moeder*«, tönte eine genervte Stimme aus der Ecke.

Na, so was. Der holländische Junge konnte sprechen und sogar Deutsch. Wirklich sensationell.

»Hallo, Mami!«, begrüßte Lio ihre Mutter, die gerade ein Tablett mit Kaffee, Tassen und Rhabarberkuchen auf einem kleinen Beistelltisch abstellte.

»Robert wollte mal spontan Hallo sagen«, sagte Lios Mutter und versuchte, möglichst gelassen dabei auszusehen. »Er hat sogar an deinen Lieblingskuchen gedacht«, fuhr sie fort. »Leider habe ich nur noch Sprühsahne im Haus.«

Lio stieß einen Schreckensschrei aus.

»Auf gar keinen Fall Sprühsahne!«, rief sie.

Ihr Vater sah sie an und lachte. »Wieso nicht? Was ist daran so schlimm?«

Lio kicherte. »Tut mir leid, Papa. Aber diese Story ist jetzt gerade echt zu lang.«

Lios Mutter schenkte Kaffee ein und verteilte Kuchen, aber Lio bemerkte, wie ihre Hand dabei zitterte. Plötzlich tat ihr ihre Mutter leid, und sie bereute, dass sie auf dem Heimweg so wütend auf sie gewesen war. Das war bestimmt seltsam für sie, Papa und seine neue Freundin zu empfangen.

»Vielen Dank, Gitte«, sagte Lios Vater freundlich. »Aber du brauchst uns doch nicht zu bedienen.« Er gab Patty, die immer noch auf dem Balkon stand, einen Wink.

»Ich nehme mir selber«, sagte Patty eilig. Sie drückte ihre Zigarette aus, setzte sich neben Lio und ihren Vater auf das Sofa und trank einen Schluck Kaffee. »*Heel legger!*«, lobte sie. »So gut wie in Holland.« Sie lächelte.

»Möchte Ihr Sohn gar nichts von dem Kuchen?«, fragte Lios Mutter Patty.

Patty seufzte. »Er liebt diese Kuchen eigentlich. Aber er ist leider ein bisschen – wie sagt man – *schuchter* …« Sie lächelte entschuldigend.

»Schüchtern«, übersetzte Lios Vater. »Ja, das stimmt. Niclas ist oft ziemlich schüchtern. Sei so nett und bring ihm ein Stück auf den Balkon hinaus, Lio.«

Lio grunzte. *Schüchtern!* Total lächerlich. *Pampig* traf es deutlich besser.

Im selben Augenblick erklang ein melodischer Gitarrenakkord.

Lios Augen weiteten sich.

»Ich hoffe, du hattest nichts dagegen, dass ich Niclas erlaubt habe, auf meiner Gitarre zu probieren, also auf **deiner**. Sie gehört ja eigentlich schon lange dir«, sagte ihr Vater entschuldigend.

Lio hatte allerdings etwas dagegen, dass ein wildfremder Junge, der ihr zwar eigentlich total egal war, aber das nahezu unverschämte Glück hatte, mit **ihrem** Vater über die Nordsee zu schippern, auch noch auf **ihrer** Gitarre herumzupfte.

»Spielst du überhaupt ab und zu darauf?«, hakte ihr Vater nach.

Lio runzelte die Stirn. Sehr seltsame Frage. Wollte er ihr die Gitarre wieder wegnehmen und sie stattdessen Niclas schenken? Auf einmal hatte sie einen ganz dicken Kloß im Hals. Sie presste die Lippen stumm zusammen.

»Hey«, sagte ihr Vater sanft. »Was ist los? Denkst du, du musst mir die Gitarre wieder zurückgeben, oder warum guckst du mich so böse an? Ich wollte doch nur wissen, ob es dir Spaß macht, Musik zu machen.«

Lio atmete erleichtert durch. »Ich lerne gerade einen Song von *Bob Dylan*«, sagte sie. »Und schöne Grüße von Jonny Duin. Dem habe ich nämlich erzählst, dass du wieder da bist. Wenn du Lust hast, kannst du mit ihm zusammen auf dem Hafenfest spielen, soll ich dir ausrichten. Er kommt in seinem *Johnny-Cash*-Hemd.«

Lios Vater begann zu strahlen. »Das sind ja phantastische Nachrichten. Mein Freund Jonny ist also immer noch Musiker.«

Lio nickte. »Na klar. Er spielt meistens am Hansaplatz. Er ist total berühmt, nicht nur hier in St. Georg, sondern überall in Hamburg. Wir sind Kumpel. Er zeigt mir Griffe und so.«

Lio wusste, dass sie sich mit diesem Bekenntnis jede Menge Ärger mit ihrer Mutter einhandelte. Aber das war ihr in diesem Moment völlig egal.

»Da hast du dir den richtigen Lehrmeister ausgesucht. Jonny Duin ist besser als *Johnny Cash*.«

Die Gitarrenklänge auf dem Balkon verstummten jäh.

»Niemand ist besser als *Johnny Cash*«, protestierte Niclas und erschien ohne Instrument im Wohnzimmer. Er schnappte sich das größte Stück Kuchen und setzte sich direkt vor Lio auf den Fußboden.

»Robert hat den Vorschlag gemacht, dass du mal auf dem Hausboot übernachtest«, sagte Lios Mutter plötzlich. »Du musst aber natürlich nicht. Ein schaukelndes Bett ist nicht jedermanns Sache, und ich habe im Radio gehört, dass sich das Wetter ändern soll. Vielleicht sollten wir das erst mal abwarten.«

Lio lachte. »Ich habe aber total Lust. Für meinen Geschmack kann der Seegang gar nicht stark genug sein. Ist doch wie auf der Kirmes. Wann darf ich denn, Mama?«

Lios Mutter überlegte. »Natürlich nicht, wenn Schule ist.

Frühestens also am Wochenende. Robert bleibt ja dieses Mal länger, hat er wenigstens behauptet.«

Der letzte Halbsatz war eindeutig überflüssig gewesen.

Lios Vater runzelte die Stirn, als wolle er protestieren, überlegte es sich aber im letzten Augenblick anders. Früher hätten sich ihre Eltern spätestens jetzt garantiert in die Wolle gekriegt. Aber Patty und Niclas waren ja dabei. So begnügten sie sich damit, finster zu gucken.

»Freitag haben wir aber frei!«, sagte Lio. »Lehrerausflug. Ich kann also schon morgen auf das Boot kommen und dann gleich einige Tage, damit es sich lohnt. Du hast doch sowieso voll Stress mit dem Ladenumbau, Mami. Und ich soll eine Reportage über Hausboote für die Schülerzeitung schreiben. Die muss so schnell wie möglich fertig sein.«

Niemand antwortete. Einen Moment lang herrschte Stille.

Plötzlich klatschte Patty so laut in die Hände, dass alle erschraken.

»Perfekt!«, rief sie und sprang auf. »Dann sehen wir dich morgen Abend, Lio. Bring ein *warm sweater* mit und *heel goed stimming*. Wir müssen jetzt schnell zurück zum Hausboot, damit unser einsamer Orpheus nicht alle Menschen am Hafen wegbellt.«

Sie scheuchte Niclas hoch, der sich noch ein zweites Stück Kuchen sicherte, bevor er seiner Mutter hinterhertrottete.

Ach, Orpheus! An den süßen Rastafari-Hund hatte Lio in der Aufregung gar nicht mehr gedacht. Patty hatte ja schon mal gesagt, dass Lio mit ihm spazieren gehen könnte. Dann würde sie sich wenigstens eine kurze Zeit einbilden, dass er ihr eigener Hund war.

Ihre Eltern verabschiedeten sich nach ihrem Beinahe-

Streit ziemlich frostig voneinander, während Patty Lios Mutter fröhlich die Hand schüttelte und sich überschwänglich für den Kaffee bedankte.

»Keine Angst. Ich passe gut auf Lio auf«, versicherte sie ihr zum Abschied.

Robert zog Lio liebevoll an beiden Ohrläppchen und gab ihr zum Abschied einen Kuss auf die Nasenspitze. Das hatte er schon früher immer so gemacht.

»Ich habe übrigens dein Fahrrad repariert. Ich hoffe, es war dir recht.«

Als bereits alle im Treppenhaus standen, drehte sich Niclas plötzlich um und sagte zu Lio: »Bring deine Gitarre mit. Dann können wir zusammen jammen.« Er hob zwei Finger zum Gruß und lächelte sie zum ersten Mal an. »Ciao.« Seine meergrünen Augen sahen jetzt eher helltürkis aus.

»Tschüss«, antwortete Lio und starrte ihm überrascht hinterher.

Tief in Gedanken versunken, half sie ihrer auffallend schweigsamen Mutter, das Kaffeegeschirr abzuräumen.

»Ich schau noch kurz in den Laden rüber«, sagte ihre Mutter, als sie fertig waren. »Zum Abendessen bin ich aber wieder da.«

Lio holte die Gitarre vom Balkon und brachte sie zurück in ihr Zimmer.

Jungs, dachte sie kopfschüttelnd, während sie versuchte, ein paar Akkorde zustande zu bringen. Sie sind wirklich das größte Rätsel unter der Sonne.

09

»NA LOS! ICH WILL ALLES WISSEN!«, rief Mimi ins Telefon. »Dein Vater traut sich ja was. Taucht einfach mit der Neuen bei euch zu Hause auf. Krass.«

Lio rannte in ihrem Zimmer auf und ab, den Hörer zwischen Ohr und Schulter eingeklemmt, und war dabei, ihre Reisetasche zu packen. Sie wollte am liebsten direkt nach der Schule mit dem Fahrrad zum Hausboot fahren, damit es sich ihre Mutter nicht doch noch anders überlegen konnte.

Außerdem sollte Jasper ihren Umzug auf das Hausboot live mitbekommen. Deshalb hatte sie beschlossen, die Reisetasche gleich morgens mitzunehmen. Aber irgendwie konnte sie sich nicht so recht entscheiden, was sie auf das Hausboot mitnehmen sollte. Sie hatte schließlich nie auf einem Boot gewohnt.

Auf dem Wollteppich vor ihrem Bett stapelte sich bereits ein hoher Berg mit Klamotten. Shirts, mehrere Hosen, Unterwäsche und ihr Lieblingspyjama mit Hello-Kitty-Aufdruck. Alles lag kreuz und quer.

»Na und? Er ist doch mein Papa. Warum soll er uns nicht besuchen kommen? Ich fand's extrem cool von ihm. Er wusste sogar noch, dass ich am liebsten Rhabarberkuchen mag. Nur dieser Niclas hat wieder tierisch genervt.«

Mimi stieß einen Schrei aus. »Erzähl! Wie sieht er denn überhaupt aus?«

Lio öffnete beide Türen ihres Kleiderschranks und starrte hinein.

»Keine Ahnung«, antwortete sie ungeduldig. »Normal … Kannst du mir mal helfen? Ich habe keinen blassen Schimmer, was ich mitnehmen soll.«

Sie holte ein knallgrünes T-Shirt-Kleid und ihre Cowboystiefel hervor. Die Stiefel hatte sie sich von ihrem Weihnachts- und Geburtstagsgeld selber gekauft. Sie hatten eine rot-schwarze Spitze.

»Mensch, lass dir doch nicht jeden Satz aus der Nase ziehen«, stänkerte Mimi am anderen Ende der Leitung. »Wie ist **nor-mal**?«, rief sie.

»Normal heißt, dass ich nicht beschreiben kann, wie er aussieht«, wehrte Lio ab. Sie hatte keine Lust, sich gerade jetzt Gedanken über Niclas zu machen.

»Nimm bloß nicht deinen Hello-Kitty-Schlafanzug mit«, warnte Mimi. »Voll peinlich das Ding in deinem Alter.«

Mimi hatte recht. Sie entschied sich für den grauen Jogginganzug.

»Wie sieht er aus?«, wiederholte Mimi neugierig. »So ähnlich wie Jasper?«

Lio schüttelte den Kopf. »Nee. Natürlich nicht. Aber der Hund ist total süß, war leider nicht mit. Dann wäre Mama auch wirklich ausgetickt. Er hat übrigens Dreadlocks.«

Mimi schrie auf. »Der Junge hat Dreadlocks? Wie cool!«

Lio kicherte. »Mimi, du kapierst echt nichts. Nicht Niclas hat Dreadlocks, sondern Orpheus, der Hund. Niclas hat kurze braune Locken.«

Sie überlegte, ob sie noch irgendetwas vergessen hatte.

»Ah, meine Gitarre nehme ich auf jeden Fall mit«, rief sie in den Hörer.

»Warum das denn?«, fragte Mimi erstaunt.

Den wirklichen Grund dafür wusste sie selbst nicht.

»Och, einfach nur, falls mir langweilig wird, oder so. Papa kann mir bestimmt was beibringen. Der hat doch früher auch mit Jonny Duin gejammt.«

Sie verwendete das Wort »jammen« von Niclas. Hörte sich cool an. Allerdings würde sie auf keinen Fall mit ihm zusammen spielen. Schon deshalb nicht, weil er viel besser war als sie. Auch wenn sie das ungern zugab.

Sie hatte ihre Reisetasche mit so viel unverzichtbarem Kram vollgestopft, dass sie kaum zuging. Vor allem die klobigen Cowboystiefel machten Probleme.

»Mist«, schimpfte sie. »Ich hätte die Cowboystiefel besser unten reinpacken sollen.« Sie zog am Reißverschluss.

»Ich bin echt neidisch«, jammerte Mimi. »Vielleicht kann ich am Samstag vorbeischauen. Rosalie kennt ja jetzt die Strecke, die könnte mich fahren.«

Gerade als Lio die Tasche endlich zuhatte, hörte sie, wie die Wohnungstür aufgeschlossen wurde.

»Mama kommt«, sagte sie eilig. »Ich leg mal lieber auf. Bis bald.«

»Schlaf gut, Süße!«, rief Mimi. »Bis morgen!«

Im selben Augenblick kam ihre Mutter auch schon ins Zimmer. »Wie sieht es denn hier aus?«, fragte sie.

»Ich räum das gleich wieder alles ordentlich auf, Mama«, versicherte Lio. »Ich habe nur meine Reisetasche für das Hausboot gepackt.«

Ihre Mutter machte schon wieder so ein komisches Gesicht.

Plötzlich bekam Lio totale Panik, dass sie es doch noch verbieten würde.

»Wie viel Gepäck nimmst du denn mit?«, fragte ihre Mutter. »Auf einem Boot ist nicht so viel Platz wie in einem Ferienhaus. Lass mich mal gucken, ich finde bestimmt was Überflüssiges.« Sie zog den Reißverschluss auf.

»Nein!«, rief Lio energisch und riss ihr die Tasche weg. Als Erstes würde ihre Mutter bestimmt die Cowboystiefel aussortieren. Die sollten aber unbedingt mit.

»Das brauche ich alles. Papas Hausboot ist außerdem so eingerichtet wie ein Haus. Sogar möbliert, mit Schränken und so weiter.« Sie sah ihrer Mutter fest in die Augen.

Lios Mutter zog die linke Augenbraue hoch. »Na gut. Aber vergiss nicht, dass du mit dem Fahrrad unterwegs bist«, sagte sie. »Wie wäre es mit leckeren Pfannkuchen zum Abschied? Die magst du doch so gerne. Ich dünste schnell frisches Apfelmus dazu.«

Lio nickte erleichtert. »Superlecker, Mami. Ich komm und helfe dir beim Braten.« Im Pfannkuchen-durch-die-Luft-Schleudern war sie Spezialistin.

»Jipppieh«, rief sie erleichtert, als ihre Mutter in die Küche verschwand. Alles ganz schön stressig, seit Papa wieder da war.

Sie beschloss, ihrer Mutter zwei Sachen auf gar keinen Fall zu erzählen.

Erstens, dass sie nicht nur die Reisetasche, sondern auch die Gitarre auf dem Fahrrad transportieren wollte.

Und zweitens, dass Papa ein *Pannekoek*-Schiff am Spreehafen plante. Irgendwie ahnte Lio, dass Mama diesen Plan bestimmt nicht besonders toll fand. Aus welchem Grund auch immer.

10

LIO HATTE GLÜCK. Gerade als sie am nächsten Morgen aufstand, klingelte das Telefon. Während sie sich die Zähne putzte, hörte sie ihre Mutter aufgeregt telefonieren.

»Lio-Schatz, ich muss leider sofort in den Laden!«, rief ihre Mutter bedauernd, nachdem sie aufgelegt hatte. »Herr Konuk will die Regale in einer halben Stunde liefern. Jetzt können wir gar nicht mehr zusammen frühstücken.«

Ausnahmsweise war Lio mal nicht genervt, dass ihre Mutter in Hektik war. Im Gegenteil. Sie hatte sich schon höllisch den Kopf zerbrochen, wie sie ihre Gitarre aus der Wohnung schmuggeln konnte. Im schlimmsten Fall hätte sie das Instrument zu Hause lassen müssen.

»Macht doch nichts, Mami!«, sagte Lio und vermischte ihr Müsli mit Erdbeerjoghurt. »Ich komme alleine klar.«

Sie brachte ihre Mutter zur Wohnungstür und umarmte sie zum Abschied. »Tschüss, Mama, und arbeite nicht zu doll.«

Täuschte sich Lio, oder standen ihrer Mutter plötzlich Tränen in den Augen?

»Schreib mir ab und zu eine SMS«, sagte ihre Mutter. »Am besten gleich, wenn du gut angekommen bist. Damit ich mir nicht zu große Sorgen mache.«

Lio lachte. »Hallo, Mama? Ich bin doch nur am Spreehafen und wandere nicht nach Amerika aus.«

Kurz nachdem ihre Mutter gegangen war, machte sich auch Lio fertig für die Schule. Obwohl sie es nicht weit hatte, würde es mit ihrem schweren Gepäck eine Weile dauern. Sie schlang einen langen Gürtel um den Gitarrenkoffer. So konnte sie sich das Ding auf den Rücken schnallen.

Aber die Reisetasche war eindeutig zu unförmig. Sie blieb einfach nicht stabil auf dem Gepäckträger eingeklemmt, sondern wurde von der Gitarre immer zur Seite katapultiert.

Und wo sollte sie mit ihrem Rucksack hin?

Bevor Lio einen Meter gefahren war, schwitzte sie bereits wie nach einer Stunde Zirkeltraining. Sie beschloss, dass ihr Schulrucksack heute zu Hause bleiben musste. Auf dem Hausboot waren die Unterrichtssachen ohnehin überflüssig. Die nötigsten Ordner, Block und Schreibzeug packte sie in den Gitarrenkoffer. Vielleicht hatte sie Glück, und es fiel ihren Lehrern gar nicht auf, dass sie keine Bücher mithatte.

Jetzt musste sie sich nur noch etwas für die Reisetasche überlegen.

Sie dachte kurz nach und zog dann die Cowboystiefel einfach an. So ließ sich die Tasche viel besser auf den Gepäckträger quetschen. Ihre Turnschuhe band sie vorne am Lenker fest. Die ollen Dinger würde schon niemand klauen, wenn sie das Fahrrad abstellte.

Als sie mit ihrem Fahrrad vollbeladen quer über den Hansaplatz schaukelte, entdeckte sie Jonny Duin. Er machte es sich gerade mit einem Becher Kaffee und einem Brötchen unter dem Denkmal gemütlich.

»Ich fahre heute zu Papa aufs Boot!«, rief sie ihm fröhlich zu. »Und zum Hafenfest kommt er auch.«

Jonny prostete ihr mit seinem dampfenden Kaffeebecher zu. »Na dann, Schiff ahoi!«, antwortete er.

Lios Plan ging voll auf. Bereits als sie klingelnd auf den Schulhof einbog, wurden Jasper, Erik und ein paar andere aus der Zehnten auf sie aufmerksam. Besonders Eva, die wie gewohnt an Jasper klebte, bekam echte Stielaugen.

»Liora Nova!«, rief Jasper übermütig. »Was liegt an? Gibst du heute ein Konzert, oder was?«

Er sprang einen Schritt zur Seite, als Lio auf ihn zusteuerte.

Sie bremste haarscharf vor ihm und rutschte vom Sattel. Das sah zwar cool aus, in Wirklichkeit hatte sie aber durch die Gitarre auf ihrem Rücken so viel Geschwindigkeit gehabt, dass sie es fast nicht geschafft hätte, rechtzeitig anzuhalten.

»Hi«, grüßte sie mit hochrotem Kopf. Ausnahmsweise einmal nicht wegen Jasper, sondern weil ihr der Schreck über den Beinahe-Crash in den Knochen saß.

»Ich wusste gar nicht, dass du Klampfe spielen kannst«, sagte er überrascht.

»Ist noch von meinem Vater, das Ding«, sagte Lio. »Ich fahre nach der Schule an den Spreehafen. Mal gucken, was da auf dem Hausboot von meinem Vater so los ist. Ich werde ein paar Tage bleiben, ein bisschen mit Niclas jammen. Keine Ahnung, wie lange ich genau auf dem Boot wohnen werde. Für meine Mutter ist das okay«, sagte sie betont lässig.

»Niclas?«, fragte Jasper.

Lio nickte. »Ja, der wohnt auch auf dem Hausboot. Ist der

Sohn von der Freundin meines Vaters. Er ist sechzehn und kommt aus Amsterdam.«

Jasper guckte ein wenig komisch. Dann sagte er: »Scheint ja viel los zu sein an Bord. Hängen da noch mehr Typen herum?«

Zum ersten Mal, seit Lio in Jasper verknallt war, fühlte sie sich richtig selbstbewusst. Der ungläubige Blick von Jasper tat ihr gut. Es kam ihr fast so vor, als wäre er eifersüchtig.

Sie nickte erneut. »Orpheus ist auch noch da. Der ist ein ganz Süßer. Hat so Dreadlocks, pechschwarz. Ein echter Rastafari eben. Wir sind uns sofort um den Hals gefallen. Liebe auf den ersten Blick sozusagen.«

Sie grinste breit.

Jasper stieß einen verblüfften Pfiff aus. »Holy shit«, sagte er. »Du gehst ja echt ran. Hat dein Vater denn gar nichts dagegen, wenn du vor seiner Nase mit einem Jungen rummachst?«

Lio stutzte. Oder wenigstens tat sie so. »Wieso?«, fragte sie scheinheilig. »Wen meinst du denn?«

»Na, diesen Orpheus«, sagte Jasper ungeduldig. »Bist du nicht gerade erst vierzehn?«

Die Frage nach ihrem Alter überhörte Lio. Schließlich wurde sie in einem halben Jahr schon fünfzehn. »Ich glaube, da hast du gerade was total in den falschen Hals gekriegt«, sagte Lio und lachte. »Niclas ist der einzige Junge an Bord. Orpheus ist der Hund von meinem Vater. Der süßeste Kröch auf der ganzen Welt. Ich habe mir schon immer einen eigenen Hund gewünscht, und jetzt gehört mir Orpheus wenigstens ein ganz kleines Stückchen mit. Also, seine linke Pfote oder so.«

Erik fing plötzlich wie verrückt an zu lachen.

»Krass, Lio«, sagte er und hielt den Daumen nach oben. »Super eingefädelt. Hätte ich dir gar nicht zugetraut.«

Lio guckte unschuldig. »Was meinst du?«

Auch Jasper ging endlich ein Licht auf. »Hast du mich jetzt echt verarscht?«, fragte er ungläubig. »Das fasse ich nicht. Du unverschämte winzige Kröte!« Dabei sah er sie bewundernd an.

Lio zuckte mit den Achseln. »Sorry«, sagte sie zerknirscht. Aber dabei sah sie ziemlich vergnügt aus.

Jasper schüttelte immer noch den Kopf, als könne er es nicht fassen.

Es klingelte zum Unterricht. Eine langsame Traube Schüler setzte sich in Richtung Schulgebäude in Bewegung.

Jasper, Erik und Eva gingen gemeinsam los.

»Ach, by the way«, sagte Jasper und drehte sich im Weggehen noch mal zu Lio um. »Dein Outfit«, er zeigte auf ihre Cowboystiefel, »ist ziemlich verschärft.«

»Vielen Dank!« Lio strahlte. »Bis dann.« Sie hob zwei Finger. Den giftigen Blick, mit dem Eva sie verfolgte, bis sie ihr Fahrrad angekettet und mit ihrer Reisetasche und der Gitarre zu Mimi gelaufen war, ignorierte sie einfach.

Mimi hatte schon ungeduldig auf Lio gewartet

»Was hat Jasper denn so lange mit dir geredet?«, fragte sie neugierig.

»Ach«, sagte Lio beiläufig, »er hat sich für die Crew vom Hausboot interessiert.«

»Häh?« Mimi guckte verständnislos.

Lio konnte sich das Lachen kaum noch verkneifen.

»Na ja. Zuerst habe ich erwähnt, dass da auch ein sechzehnjähriger Junge an Bord ist. Und dann gab es ein kleines Missverständnis.« Lio lachte. »Und so dachte er eine Weile echt, dass Orpheus auch ein Junge und mein Freund ist, und wurde richtig stinkig. Ich musste ihn erst darüber aufklären, dass er auf einen Rastafari-Hund eifersüchtig ist.«

Mimi quietschte los. »Nee, das ist ja der totale Hammer. Du bist so was von cool!«

Sie umarmte Lio und drückte ihr fast die Luft ab vor Begeisterung.

Matte überholte die beiden auf der Treppe.

»Hey, Mimi«, sagte er und bekam rosige Wangen. »Na, bist du wieder gut drauf heute? Kreisch ruhig 'ne Runde. Ich bin heute auch gut drauf. Ich kriege in Physik noch 'ne Vier.«

Mimi strahlte ihn an. »Bingo! Ich habe einfach die verrückteste Freundin auf der ganzen Welt.«

Matte schüttelte den Kopf. »Also, wenn du dich da mal nicht täuschst. Ich kenne eine, die ist noch viel durchgeknallter.«

Mimi stutzte. »Wer denn? Von unserer Schule?«

Matte grinste überlegen. »Keinen halben Meter von dir entfernt. Eigentlich total nett. Manchmal etwas unberechenbar.«

Mimi schaute sich neugierig um. Das Treppenhaus hatte sich inzwischen ziemlich geleert. Bis auf Matte, Lio und Mimi waren alle Schüler in ihren Klassen. »Wo denn?«

Matte sah sie an. »Nimm einfach mal einen Spiegel zu Hilfe, Süße!« Damit verschwand er eilig, immer zwei Stufen auf einmal nehmend.

»Wen meint er?«, fragte Mimi ratlos. Sie sah Lio fragend

an, die sich vor Lachen bog. »Matte hat echt einen Knall«, sagte sie. Lio zog den Reißverschluss ihrer Reisetasche auf und angelte einen Taschenspiegel hervor. »Hier«, sagte sie. »Guck mal in den Spiegel, hat Matte gesagt.« Sie hielt Mimi den Spiegel direkt vor das Gesicht.

»Ahhhhh!« Mimi wurde tomatenrot.

»Tusch! Der Groschen ist gefallen«, sagte Lio zufrieden. »Der Tag heute fängt irgendwie super an. Erst verlade ich den süßen Jasper, dann Matte dich …, bin gespannt, wie das weitergeht. Wenn ich jetzt auch noch eine coole Story über das Hausboot hinkriege, dann ist alles im Lot!«

Es läutete zum Unterrichtsbeginn.

Mimi schnappte Lios Reisetasche, und Lio schulterte schnell ihre Gitarre. Sie hetzten los, um sich kein Gemecker wegen Zuspätkommens anhören zu müssen, und waren dabei so in Schwung, dass sie Herrn Dr. Abel fast umrannten, der tief in Gedanken versunken in ihr Klassenzimmer schlurfte.

Kichernd liefen sie auf ihre Plätze.

Lio holte ihren Schnellhefter aus dem Gitarrenkoffer und setzte ein höchst konzentriertes Gesicht auf, um Herrn Dr. Abel nicht noch mehr zu verärgern.

Dabei konnte sie es in Wirklichkeit kaum erwarten, dass der Vormittag vorbeiging und sie endlich das knallrote Hausboot von ihrem Vater entern konnte.

11

MIT IHREM BELADENEN FAHRRAD quer durch die Stadt nach Harburg zu fahren, war ein echtes Abenteuer. Nicht nur ein Mal kippte Lio beinahe um, weil sich die Gitarre auf ihrem Rücken selbstständig machte.

Die Hausboote am Spreeufer lagen wie entspannte Walrösser vor Anker. So kam es Lio jedenfalls vor, als sie auf den Steg einbog. Sie bremste vorsichtig und stieg ab. Nicht dass sie nicht doch noch im letzten Augenblick mit Sack und Pack ins Wasser fiel.

Jedes Boot sah anders aus. Eines der größten Boote war quietschrosa und erinnerte Lio an das Barbiehaus von Mimi, mit dem sie früher gespielt hatten. Anscheinend wohnte darauf eine Familie mit mehreren Kindern. Denn zwei kleine Mädchen mit langen Zöpfen, wahrscheinlich Zwillinge, winkten ihr fröhlich zu, als sie das Fahrrad an ihnen vorbeischob. Die beiden zogen ihren Puppen Badeanzüge an, während in einem Kinderwagen ein Baby tief und fest schlief. Es ließ sich nicht von der lauten Popmusik stören, die aus dem Hausboot gleich daneben plärrte. Eine gebräunte ältere Dame sonnte sich an Deck in ihrem Liegestuhl, drehte an den Knöpfen ihres wasserdichten Plastikradios herum und schlürfte genussvoll ein giftgrünes Getränk. Dieses Boot war im Vergleich zu dem Barbie-Boot winzig. Es war beige gestrichen, konnte aber wieder einmal neue Farbe gebrauchen; durch die verblichenen Flecken sah es aus wie ein Kartoffelkäfer.

Auf dem nächsten Boot war überhaupt niemand zu entdecken. Aber die Besitzer hatten an diesem Morgen ganz offensichtlich Waschtag gehabt, denn von achtern nach backbord war eine Wäscheleine gespannt, die bestimmt zwölf Meter lang war und auf der superordentlich aufgehängte Bettlaken sachte im Wind wehten. In zweiter Reihe erspähte Lio ein halbes Dutzend blütenweiße lange Unterhosen und Shirts so groß wie Eimer. Auf einem stand in roter Schrift **Lucky Boy**.

Lio kicherte. Sie hätte zu gerne den Besitzer dieser Wäsche gesehen.

Bisher war Lio nur einmal zelten gewesen, mit Mimi und ihren Schwestern in Frankreich. Der Campingplatz war ihr damals wie ein kleines Dorf mit Miniwohnungen vorgekommen.

Genau daran erinnerte sie diese Hausbootsiedlung hier.

Schließlich kam schon das Boot, das direkt an Roberts Hausboot angrenzte. Dort wurde Mittagessen gekocht. Es duftete köstlich nach Tomatensoße. Lios Magen begann heftig zu knurren. Das Essen in der Schule hatte sie heute nämlich geschwänzt, um schneller loszukommen. Hoffentlich hatte ihr Vater was Leckeres gekocht.

Dann stand sie endlich vor ihrem neuen knallroten Zuhause. Ihr Herz klopfte plötzlich wie verrückt.

Orpheus entdeckte sie als Erster. Er lag an Deck und döste vor sich hin. Nun hob er witternd seine Schnauze. Gerade als Lio den Fuß auf die unterste Stufe der Leiter setzte, begann Orpheus wütend zu bellen und rannte aufgeregt an die Reling.

Erschrocken zog Lio ihren Fuß zurück. Sie hielt Ausschau nach ihrem Vater. Auch wenn sie selber keinen Hund besaß, wusste sie sehr genau, dass Orpheus sein Revier notfalls auch mit spitzen Zähnen verteidigen würde.

»Hey, Süßer«, versuchte sie ihn zu beruhigen. »Kennst du mich nicht mehr?«

Leider war Orpheus auf Krawall gebürstet und hatte keine Lust, so schnell aufzugeben. Vielleicht war er auch einfach froh, dass er etwas zu tun bekam. Wütend bellte er weiter.

»Hallo, Papa!«, rief Lio laut. »Ich bin da!«

Nichts rührte sich.

Dafür fing der Winzling im Kinderwagen an zu weinen. Seine Schwestern stimmten eifrig *Schlaf, Kindchen, schlaf* an, um ihn zu beruhigen. Aber das brachte ihn nur noch mehr auf.

Na super. Mit allem hatte Lio gerechnet, nur nicht damit, dass keiner zu Hause war. Papa und Patty scheinen sich ja irre über meinen Besuch zu freuen.

Genervt legte Lio die Gitarre und ihre Reisetasche auf den Steg und setzte sich auf das feuchte Holz. Ihr Magen knurrte. Blöde Idee, sogar auf das Mittagessen in der Schulmensa zu verzichten. Dabei hätte sie vielleicht sogar noch mit Jasper quatschen können.

»Hey, Lio!«, rief eine raue Stimme nach ihr. Verwirrt sah sie sich um.

Im selben Augenblick kletterte Niclas die Außenleiter zu ihr herunter. Seine braunen Locken waren total verwuschelt, und er sah aus, als wäre er gerade aus dem Bett gefallen.

»Bist du schon da?«, fragte er und gähnte. »Hattest du keine Schule heute?«

Tolle Begrüßung!

»Quatsch. Ich hab mich bloß extra beeilt.« Lio sprang auf. »Und du? Bist du eigentlich auch irgendwann mal wach?«

Niclas schüttelte den Kopf. »Komische Frage. Ich brauche viel Schlaf. Im Schlaf fallen mir die besten Songs ein.«

Affig, dachte Lio. Total affig, der Typ. Aber das habe ich ja gleich gewusst.

»Wo ist denn mein Vater?«, fragte sie gereizt. »Schläft der etwa auch noch?«

Ihre Laune wurde von Minute zu Minute schlechter. Am liebsten hätte sie sich auf ihr Rad gesetzt und wäre wieder nach Hause gefahren. Aber das ging natürlich nicht. Sie musste unbedingt die Reportage schreiben. Schließlich war Jasper auf dem besten Weg, sie toll zu finden. Außerdem hatte sie schon den Kommentar ihrer Mutter im Ohr, wenn sie ihr von ihrer Pleite berichtete.

»Robert und Patty sind in die Stadt gefahren. Es gibt achtern ein kleines Leck. Das muss so schnell wie möglich repariert werden«, erklärte Niclas.

Er nahm Lios Gitarre und kletterte die Leiter hinauf. »Komm mit, und hör auf, so rumzumeckern. Ich kann zickige Mädchen nicht ausstehen.«

Lio blieb fast die Luft weg. Was bildete sich dieser Typ ein? Vor Wut stiegen ihr die Tränen in die Augen.

»HÄH?«, brüllte sie ihm hinterher. »Hab ich was verpasst? Ich hab doch wohl allen Grund, richtig schlecht gelaunt zu sein. Ich komme hier vollbeladen an, keine Spur von meinem Vater, den ich vor Kurzem das erste Mal nach über einem Jahr wiedergesehen habe, hab mich so beeilt, dass ich nicht mal Mittag gegessen habe, und was passiert? Stattdessen werde ich von einem kläffenden Hund beinahe zerfleischt und hänge wie doof herum, bis du dich bequemst, deinen wichtigen Schönheitsschlaf zu unterbrechen und mich an der Bestie vorbei auf das Boot zu lotsen. Und da soll ich nicht sauer sein?« Sie funkelte ihn wütend an.

Niclas grinste. »Du bist so eine richtige Drama-Queen«, sagte er. »Das finde ich schon fast wieder cool.«

In aller Seelenruhe stellte er die Gitarre ab, so, dass sie nicht umfallen konnte, und kraulte Orpheus ausgiebig hinter den Ohren, bis dieser sich wieder beruhigt hatte. Erst dann ging er zurück zur Leiter und streckte die Hand aus.

»Her mit deiner Reisetasche«, sagte er. »Das Fahrrad kann Robert später an Bord hieven. Du kannst es so stehen lassen.«

Er starrte auf ihre Stiefel. »Die Dinger sehen zwar gut aus, aber du wirst dir damit an Bord ziemlich schnell die Knochen verstauchen.«

Lio reichte ihm ihre Reisetasche. Dann kletterte sie hinterher.

Auch wenn sie es niemals zugegeben hätte: Mit ihren Turnschuhen wäre sie bestimmt nicht von den glitschigen Sprossen abgerutscht. Niclas schnappte im letzten Augenblick ihre Hand, bevor sie über Bord ging.

Als sie ihre Beine über die Reling schwang, sagte er: »Wenigstens hast du die Gitarre nicht vergessen.« Er klopfte zufrieden auf den Gitarrenkoffer. »In der Kombüse kannst du dir Spiegeleier braten, bis Patty und Robert zurück sind.«

Fassungslos sah Lio zu, wie er sich ihre Gitarre schnappte und über eine Strickleiter auf das Dach des Hausboots kletterte. Dort machte er es sich gemütlich und begann, die Gitarre ziemlich profimäßig zu stimmen.

Der spinnt, dachte Lio. Der hat eine Vollmeise.

Sie zog ihre Stiefel aus, denn die Dinger drückten wirklich höllisch, und ließ sich erschöpft auf die Planken fallen.

Mist. Totaler Mist. Sie stöhnte und rieb ihre dampfenden Füße. So hatte sie sich ihr neues Leben auf dem Hausboot nicht vorgestellt. Die Tränen, die sie bis jetzt tapfer hinuntergeschluckt hatte, liefen ihr die Wangen herunter.

Ein Stück weit von ihr entfernt lag Orpheus, hingefläzt wie ein Bettvorleger, und betrachtete sie aus seinen Knopfaugen aufmerksam.

»Guck nicht so doof!«, meckerte sie ihn an. »Na los. Verzieh dich. Du magst mich doch sowieso nicht.«

Orpheus stand schwanzwedelnd auf und legte den Kopf schräg.

Zu Lios Überraschung sprang er mit einem gewaltigen Satz auf ihren Schoß, wuchtete seine Pfoten auf ihre Schultern und leckte ihr mit seiner Zunge über das Gesicht.

»Ihhh, du Ferkel!«, schrie Lio entsetzt.

Sie versuchte, ihn hinunterzuschieben, aber Orpheus hatte beschlossen, ihr eine Weile Gesellschaft zu leisten. Eigenwillig machte er es sich auf ihren Beinen bequem wie ein Schoßhündchen.

Lio kapitulierte. Eigentlich hatte sie auch nicht wirklich etwas dagegen.

Sie kuschelte sich an Orpheus' verknotetes Fell und schloss die Augen. Er fühlte sich angenehm warm an, und sie spürte sein Herz schnell pochen.

Es war still geworden. Nur Niclas probierte auf der Gitarre ein paar Akkorde aus. Eine Möwe kreischte heiser.

Im nächsten Moment war Lio eingeschlafen.

12

»LIO, HALLO! LIO, AUFWACHEN!«

Verwundert blinzelte Lio, öffnete die Augen und guckte direkt in Niclas' Gesicht.

»Wer ist jetzt hier die Schlafmütze?«, sagte er und grinste. »Steh lieber auf. Du kriegst sonst einen Sonnenstich.«

Lio rappelte sich eilig hoch. »Hab ich lange geschlafen?«, fragte sie verlegen.

»Ziemlich«, sagte er. »Orpheus hat dich bewacht.«

Schlagartig fiel Lio wieder alles ein. Der Hund war klüger als sie, er hatte sich bereits in den Schatten verzogen.

»Patty hat eine SMS geschickt. Sie sind gleich da«, nahm Niclas die Antwort auf Lios Frage, die ihr auf der Zunge lag, vorweg. Er verstaute die Gitarre wieder in ihrem Koffer. »Tolles Instrument«, sagte er. »Viel besser als meine.«

Lio guckte Niclas neugierig an. »Warum sprichst du eigentlich so perfekt Deutsch?«

Sie öffnete ihre Reisetasche, die immer noch neben ihr an Deck stand, und suchte nach ihren Turnschuhen.

»Mein Vater kommt aus Köln. Ich bin dort in die Grundschule gegangen«, antwortete Niclas.

»Ach, echt?«, sagte Lio verwundert.

Niclas nickte. »Ja. Mein Vater ist Musiker. Patty hat ihn kennengelernt, weil sie Catering bei einer großen Tournee von ihm gemacht hat. Als ich klein war, sind Patty und ich mit seiner Band oft mit auf Tour gegangen. Das war richtig cool.«

Deshalb konnte der Typ also so gut Gitarre spielen.

»Mein Vater hat früher auch Musik gemacht. Da bin ich auch manchmal mit gewesen«, sagte Lio. »Bis er dann Schiffskoch wurde.«

Dass er bloß als Straßenmusiker durch die Lande gezogen war, verschwieg sie. Sie wusste selber nicht genau, warum. Schließlich verdienten viele Musiker ihr Geld auf diese Weise.

Niclas nickte. »Hat er mir gleich erzählt. Er war auch mal bei einem Konzert von meinem Vater in Amsterdam. Totaler Zufall, was? Straßenmusik finde ich klasse.«

Lio spürte wieder ihre Eifersucht auf Niclas. Es war wirklich ungerecht, dass Niclas rund um die Uhr mit ihrem Vater zusammen sein durfte.

»Na, dann weißt du das ja alles schon. Sorry, wenn ich dich damit langweile«, erwiderte Lio schroffer als beabsichtigt. »Gibt's hier eigentlich auch was zu trinken?«

Niclas zeigte auf die Treppe, die nach unten in die Kombüse führte.

»An Bord ist Selbstbedienung.«

Wortlos zog Lio ihre Turnschuhe an. Die Cowboystiefel verstaute sie wieder in ihrer Reisetasche. Diesmal aber ganz unten. Dafür musste sie ihre Tasche allerdings komplett ausleeren.

»Wie lange willst du eigentlich bleiben?«, fragte Niclas und zeigte auf den Klamottenberg. »Das Zeug reicht für eine ganze Weltumsegelung.«

Lio runzelte die Stirn. »Wer will das wissen?«, fragte sie schnippisch. »Stört es dich, dass ich hier bin?«

Niclas schüttelte den Kopf. »Nö, überhaupt nicht. Solange du nicht wieder herumzickst. Allerdings musste ich auf Befehl meiner Mutter wegen dir meine Koje räumen und soll bei Orpheus an Deck in der Hängematte schlafen. Aber jetzt, wo Orpheus dich so sehr ins Herz geschlossen hat, können wir ja auch mal tauschen«, schlug er vor.

»Ich habe nichts dagegen«, sagte Lio. »Ich bin die Wildnis gewohnt. Nachts die Sterne zu betrachten, ist doch was Tolles.«

Niclas grinste. »Stimmt. Die Sterne und zwei Millionen Stechmücken aus dem Hafenbecken. Wirklich ganz toll!«

Es gab ein paar Dinge, die Lio aufrichtig hasste. Dazu gehörten nervige Stechmücken. Also beschloss sie, schleunigst das Thema zu wechseln und Patty dankbar zu sein.

»So viele Klamotten sind das auch wieder nicht«, griff sie das Thema noch mal auf. »Ich ziehe eben gerne mal was Frisches an. Jungs ticken da anders.«

Sie erinnerte sich an eine Story, die ihr Papa über Jonny Duin erzählt hatte.

»Ein Kumpel von meinem Vater, auch Musiker, ist mit einem einzigen Hemd sechs Wochen durch Amerika getrampt. Das hatte ihm Johnny Cash bei einem Fantreffen höchstpersönlich geschenkt und seine Unterschrift auf den Kragen geschrieben. Kann man immer noch lesen.«

Sie quetschte das grüne Kleid ganz oben in die Tasche. »Aber das hast du ja wahrscheinlich auch schon wieder alles von Papa gehört, oder?«

Niclas schüttelte überrascht den Kopf. »Hey, das ist ja total cool! Und das Hemd ist wirklich von Johnny Cash? Das würde ich ja supergerne einmal sehen.« Niclas sah ehrlich begeistert aus.

»Klar ist das echt. Papa und Jonny Duin erfinden doch keinen Mist. Auf dem Hafenfest zieht er das Hemd an. Dann kannst du ihn ja selber danach fragen.«

Die Sonne hatte sich plötzlich hinter einer dicken Wolke verzogen, und es kam Wind auf.

Eine Welle platschte gegen das Hausboot und brachte es in Bewegung. Lio war darauf nicht vorbereitet und wurde gegen das Geländer geschubst. Sie spürte ein flaues Gefühl in ihrem Magen. Oh nein, dachte sie. Hoffentlich werde ich nicht seekrank wie Mama. Das wäre megapeinlich.

Nachdem sie ein großes Glas Wasser getrunken hatte, ging es ihr besser. Aber auf fette Spiegeleier hatte sie keine Lust mehr. Sie nahm sich einen trockenen Vollkorntoast und stieg wieder nach oben.

»Wieso bist du eigentlich nicht in der Schule?«, fragte sie.

»In Groningen sind schon Ferien«, antwortete Niclas. »Ich wollte eigentlich mit meinem Vater auf Konzertreise gehen. Er tourt durch England. Aber das hat nicht geklappt.«

»Und wieso nicht?«, bohrte Lio weiter.

»Angeblich bin ich zu jung dafür, meinte mein Vater. Aber das ist totaler Quatsch. Faule Ausrede, sagt auch Patty. Er hat keine Lust, sich um mich zu kümmern.« Er trat mit dem Fuß gegen einen Haufen aufgerollter Seile und spuckte auf die Wasserkronen, die gegen die Bootswand gespült wurden.

»Tut mir leid«, sagte Lio. Sie fragte lieber nicht genauer

nach, was da los war. Anscheinend spulten alle geschiedenen Eltern dasselbe Programm ab. Ganz schön beknackt.

Aber natürlich kein Grund für Niclas, sich stattdessen bei ihrem Vater beliebt zu machen.

»Wo bleiben Papa und Patty denn nur?«, fragte sie ungeduldig. Im selben Augenblick richtete sich Orpheus auf und bellte aufgeregt. Schwanzwedelnd lief er zur Reling.

»Hi, Sweetheart. Musstest du so lange auf uns warten«, beruhigte Patty ihn. Sie hatte in jeder Hand drei Plastiktüten aus dem Supermarkt mit jeder Menge Vorräte, und unter ihrem Arm klemmte ein langes Baguette.

Direkt hinter ihr tauchte Lios Vater auf. Er hievte ein paar schwere Planken Holz an Bord und jede Menge Baumaterial.

»Papa!«, rief Lio erleichtert. Sie sprang in seine Arme und warf ihn fast um vor Freude. »Ich warte schon ewig.«

»Tut mir leid, Süße«, sagte er. »Es ging nicht anders. Ich muss dringend eine Stelle reparieren, bevor das Wetter wechselt, dafür brauchte ich noch Material. Ausgerechnet unter dem Motorblock ist jede Menge Wasser ins Boot eingelaufen, vermutlich sind da Planken verrottet. Das könnte ziemlich gefährlich werden.«

Patty lächelte Lio freundlich an. »Hey, Lio. *Welkom aan bord.* Aber bestimmt hat Niclas dich inzwischen prima unterhalten«, fügte sie hinzu. »Das kann er *heel goed.*«

Lio beschloss, lieber keinen ehrlichen Kommentar abzugeben. Sie wollte sich schließlich nicht gleich am ersten Tag mit Papas Ersatzfamilie anlegen. Der große Entertainer war Niclas jedenfalls nicht. Auch wenn seine stolze Mutter anderer Meinung war. Deshalb sagte sie nur: »Alles *easy.*«

Patty nickte zufrieden und sagte: »*Ick help* Robert bei der Reparatur. Er muss unter das Boot ins Wasser abtauchen. Macht ihr inzwischen Essen?« Sie stellte die Tüten ab und kletterte in den Maschinenraum hinunter.

»Was wollen wir kochen?«, fragte Niclas, als sie die Lebensmittel in die Kombüse geschleppt hatten.

»Pfannkuchen«, sagte Lio. »Was anderes kann ich nicht.«

Niclas grinste. »Super. Besser als Spiegeleier mit und ohne Speck. Die sind meine Spezialität.«

Lio vermengte Mehl, Milch und jede Menge Eier in einem sauberen Eimer, weil sie keine Schüssel fand, und kippte eine halbe Flasche Mineralwasser dazu, damit der Teig schön locker wurde.

»Der Trick ist von Mama«, sagte sie stolz. »Die ist Pfannkuchenkönigin.« Danach deckte sie den Eimer mit einem Geschirrtuch ab. »Der Teig muss jetzt quellen. Je länger, desto besser«, erklärte sie profimäßig.

»Cool«, sagte Niclas beeindruckt.

»Jetzt will ich unbedingt gucken, was Papa da macht«, sagte Lio. »Muss der wirklich unter das Boot tauchen, ohne Schnorchel?«

Sie kam gerade rechtzeitig nach oben, um zu sehen, wie ihr Vater in Badehose, mit Schwimmbrille und einer wasserdichten Kamera mit Videofunktion in das trübe Hafenwasser stieg.

»Tschüss, ich guck mal, was da unten so los ist«, sagte er, bevor er mit einem lauten Platscher abtauchte.

»Ziemlich eklige Brühe«, stellte Lio fest. »In die würde ich auf gar keinen Fall reinspringen. Ist bestimmt voller Pipi.« Sie schüttelte sich bei dem Gedanken.

»Noch schlimmer wäre es aber, wenn das Boot sinkt«, sagte Patty.

Lio sah sie erschrocken an. »Kann das denn passieren?«, fragte sie.

Niclas grinste. »Klar. Kennt du den Film *Titanic* nicht?«

»Blödmann!«, sagte Lio.

»Patty, kann das Hausboot untergehen, wenn Papa das Leck nicht findet?«, wiederholte sie ihre Frage.

»Wenn man auf das Schiff nicht aufpasst, kann so etwas immer passieren. Es ist wie mit deinem kaputten Fahrrad«, sagte Patty. »Auch Luxusliner sinken. Lies mal die Zeitung.«

Für die **Re@lity** wäre so eine Schiffskatastrophe natürlich echt der Knaller, dachte Lio. Lio live auf einem absaufenden Hausboot. Cool!

Allerdings hatte die Sache einen enormen Haken. Es war kein *Leo DiCaprio* da, der sie retten konnte, und Schwimmen war nicht gerade eine ihrer Stärken. Besonders Tauchen hasste sie, weil man dabei jede Menge Wasser in die Nase kriegte. Deshalb hatte sie auch immer noch kein silbernes Schwimmabzeichen.

»Die Ratten verlassen das sinkende Schiff«, sagte Niclas, als könne er ihre Gedanken lesen.

»Haha«, antwortete Lio. »Sehr komisch.«

Nach einer halben Ewigkeit tauchte ihr Vater wieder auf. Er hatte ganz blaue Lippen, so lange hatte er es ohne Luft ausgehalten. In seinen Haaren klebten brauner Seetang und sogar eine Muschel.

»Brrrr!«, rief er laut und schüttelte sich direkt neben Lio wie ein nasser Hund.

»IHHH, PAPA, DU BIST FIES!«, kreischte Lio und

flüchtete sich vor den stinkenden Wassertropfen hinter Niclas' Rücken.

Patty trocknete seinen Rücken mit einem Handtuch ab. »Und?«, fragte sie gespannt. »Was ist los?«

»Sieht gar nicht gut aus«, sagte er ernst. »Ich weiß nicht, ob ich das ohne Hilfe reparieren kann.« Er spielte das Video ab, das er unter Wasser gemacht hatte.

»Das ist ja ein riesiger Krater«, kommentierte Patty die Aufnahme schockiert.

Lios Vater nickte. »Man muss das morsche Holz wegkratzen und die Stelle flicken. Das geht aber nur richtig, wenn das Boot an Land ist.« Er überlegte. »Ich werde das Loch unter dem Motorblock von innen mit Dämmmaterial und flüssigem Harz provisorisch abdichten. Wir bleiben also erst mal eine Weile vor Anker. Bis für Niclas wieder die Schule anfängt, ist das ja kein Problem. Eine Tour über das offene Meer wäre jetzt zu riskant.«

Juchuh! Lios Herz hüpfte wie verrückt, als er das sagte. Natürlich ging es ihr nicht um Niclas. Auf diesen Typen hätte sie gerne verzichtet. Aber dass ihr Vater nicht gleich wieder davonfuhr wie sonst, war einfach eine tolle Nachricht. Diesmal hatte ihre Mutter mit ihrer Unkerei nicht recht behalten.

Plötzlich fand Lio es gar nicht mehr so schlimm, dass das Hausboot kaputt war. So ein morscher alter Kahn hatte eben auch Vorteile.

Und er würde ja nicht gleich untergehen.

13

DIE DUNKLEN WOLKEN hatten sich gerade wieder verzogen, als Lio die letzten dampfenden Pfannkuchen nach oben an Deck brachte. Ihr Gesicht glühte, so heiß war es ihr beim Pfannkuchenbrutzeln unten in der winzigen Kombüse geworden.

»Wir haben Glück mit dem Wetter«, sagte ihr Vater und schaute erleichtert in den Himmel. »Regen hätte ich jetzt wirklich nicht gebrauchen können. Vorher muss das Harz trocknen.« Er hatte den ganzen Nachmittag dafür gebraucht, das Leck unter dem Motorblock zu schließen.

Danach hatte Patty einen Campingtisch oben an Deck aufgebaut, und Lio legte mit ihren Pfannkuchenkünsten los. Es dauerte keine halbe Stunde, da war der ganze Berg Pfannkuchen vertilgt.

»Du bist echt die Pfannkuchenprinzessin, Lio. Gar keine Frage«, sagte Niclas begeistert. »Nie wieder Spiegeleier, solange du an Bord bist.« Er kratzte den allerletzten Rest Apfelmus von seinem Teller.

»Absolut«, stimmte ihm Lios Vater bei. »Gut, dass ich nicht mehr tauchen muss. Mit meinem vollen Bauch würde ich glatt ertrinken.«

»Warum **Prinzessin**?«, fragte Patty.

»Weil Lio gesagt hat, dass ihre Mutter die Pfannkuchenkönigin ist«, erklärte Niclas. »Dann ist Lio logischerweise die Prinzessin.«

Patty lachte. »Ach, dann ist deine Mutter also eine tolle Köchin. Da hast du Glück. Ich kann nicht so super kochen, sagt jedenfalls mein Sohn.«

Lio nahm einen Schluck Limo und sagte: »Pfannkuchen sind Mamas Spezialität. Sie hat sich sogar ein Geheimrezept für den Teig ausgedacht. Bevor Papa Schiffskoch wurde, wollten die beiden ein *Pannekoek-Haus* in Hamburg eröffnen.« Sie warf ihrem Vater einen herausfordernden Blick zu.

»Ach, *kijk*!«, rief Patty überrascht. »*Nu doen we het!* Hoffentlich ist deine Mutter nicht deswegen sauer. In Amsterdam gibt es schon viele *Pannekoek-Schiffe*.«

Lio schüttelte heftig den Kopf. »Wieso sollte meine Mutter denn sauer sein? Sie eröffnet doch übernächste Woche einen eigenen Secondhandladen. Das ist mindestens genauso toll.« Es passte ihr nicht, dass Patty glaubte, dass ihre Mutter eifersüchtig war. Eigentlich gefiel es ihr gar nicht, mit Papas Freundin über Mama zu reden.

»Das ist ja alles auch schon sehr lange her«, sagte Lios Vater eilig und stand auf. »Wie sagt man? Schnee von gestern. Komm, Niclas, wir räumen den Tisch ab. Wer hat Spüldienst?« Er begann geschäftig, Teller übereinanderzustapeln.

»Keine Ahnung. Ich nicht«, sagte Niclas und begann in Zeitlupentempo, die Gläser einzusammeln.

Schnee von gestern, dachte Lio. Was meint Papa damit? War sie auch bald Schnee von gestern? Schöne Aussichten. Sie hätte ihren Vater gerne danach gefragt, aber irgendwie traute sie sich nicht. Womöglich schickte er sie wieder nach Hause, weil er keine Lust auf Streit hatte, und außerdem war Patty garantiert auf seiner Seite.

»Na, Lio«, sagte Patty und guckte sie prüfend an. »Bist du kaputt?« Sie lächelte. »Hast du eigentlich schon dein Bett gesehen?«

Lio schüttelte den Kopf.

»Niclas zeigt es dir gleich. Inzwischen fange ich schon mal mit dem Abwasch an.« Sie scheuchte Niclas, der sich auf dem Boden ausgestreckt hatte und mit Orpheus knuddelte, mit einem Geschirrhandtuch hoch. »Los, *jongeman*. Sei ein Gentleman, und zeig Lio ihre Koje.«

Niclas machte eine Kopfbewegung in Lios Richtung. »*Come on!*«, sagte er und ging einfach los, ohne auf sie zu warten.

»Ach, Englisch kannst du auch?« Lio grinste. »Total begabt, der *jongeman*.«

Die Koje, die Niclas für sie geräumt hatte, war winziger als das Gästeklo in ihrer Wohnung auf St. Georg. »Das sieht ja aus wie eine Puppenstube!«, rief Lio. Das Bett war an die Wand geschraubt und gerade lang genug, dass Lio hineinpasste.

»Kannst du in diesem Bett überhaupt schlafen?«, fragte sie überrascht. »Du hast doch viel längere Beine als ich.«

Niclas zuckte mit den Achseln. »In der Doppelkoje nebenan haben sich Patty und Robert eingerichtet. Ich habe mich schon daran gewöhnt, angewinkelt zu liegen. Wenn ich mich ausstrecken will, schlafe ich manchmal einfach auf dem Fußboden. Das geht ganz gut. Natürlich nur, wenn Orpheus an Deck bleibt. Der drückt einen sonst platt.«

Lio kicherte. »Habe ich schon gemerkt. Er ist so warm wie ein Ofen.« Sie schloss die Augen. Die stickige Luft in der Koje machte sie total schläfrig. Plötzlich hatte sie gar keine Lust mehr, nach oben zu gehen. Wer weiß, ob es ihrem Vater überhaupt auffallen würde, wenn sie nicht mehr auftauchte. Sie gehörte ja ohnehin in die Abteilung **Schnee von gestern**. Sie drehte sich zur Seite, mit dem Gesicht gegen die Wand.

»Lio, willst du jetzt schon schlafen?« Niclas' Stimme schreckte sie aus ihren Gedanken auf.

»Lass mich schlafen, ich bin Schnee von gestern«, murmelte sie.

Niclas rüttelte sie an der Schulter. »Hör zu, Lio. Mein Vater redet auch viel Unsinn. Das meint er aber gar nicht so. Genau wie Robert. Er spricht doch den ganzen Tag von dir. Patty ist deshalb sogar schon eifersüchtig gewesen. Nimm dir das nicht zu Herzen. Willst du meine Hängematte an Deck ausprobieren?«

Lio rührte sich immer noch nicht.

»Lio, *nu sta op*!«, rief Niclas energisch. Es war das erste Mal, dass er mit ihr Holländisch sprach. Er begann sie zu kitzeln.

»Ahh!«, kreischte Lio. »Hör sofort auf.« Sie schoss hoch und knallte mit dem Kopf gegen die niedrige Decke über ihrem Bett.

»AU!«, jaulte sie. Vor Schmerz schossen ihr ein paar Tränen in die Augen.

»Bist du bescheuert!«, meckerte sie los. »Ich habe mir beinahe den Schädel eingeschlagen.«

Niclas grinste. »Keine Angst. Dein Kopf ist hart genug. *Stijfkop* heißt das auf Holländisch …«

Lio schwang die Beine auf den Boden und sagte empört. »Ich bin doch kein Dickkopf.«

Niclas lachte. »Du kannst ja immer noch super Holländisch. Wahrscheinlich hat dein Papa das früher oft zu dir gesagt.«

Niclas hatte »dein Papa« und nicht einfach »Robert« gesagt, fiel Lio auf. Irgendwie wurde sie aus diesem Niclas nicht schlau. Manchmal fand sie ihn total doof, und dann hatte er plötzlich ziemlich den Durchblick. Was er vorhin über ihren Vater gesagt hatte, tröstete sie auf merkwürdige Weise. Sie wollte so gerne glauben, dass ihr Vater sie vermisste.

»Na gut«, sagte sie großzügig. »Dann schaue ich mir dein Himmelbett eben mal an.«

Als Lio und Niclas oben an Deck ankamen, war schon alles abgewaschen.

»Sorry, Ma. Lio hat sich ihren Dickschädel gestoßen und lag eine Weile bewusstlos in ihrer Koje«, sagte Niclas als Entschuldigung.

»Aber morgen übernehme ich den Küchendienst ganz alleine«, ergänzte er schnell, bevor seine Mutter die Chance hatte zu meckern.

Die Hängematte war mindestens doppelt so groß wie das Bett unten in der Koje. »Die ist ja abgefahren!«, rief Lio und warf sich begeistert hinein. »Vielleicht tausche ich doch noch mit dir.«

Es wurde bereits dunkel, und Patty zündete die Sturmlampen an, die Lios Vater überall aufgehängt hatte.

»Ich leihe mir noch mal deine Gitarre aus«, sagte Niclas und verzog sich auf seinen Dachplatz. Der Wind war wieder stärker geworden, und das Hausboot bewegte sich auf den Wellen heftig hin und her.

Lio wickelte sich in eine Wolldecke und kletterte in die schaukelnde Hängematte.

Die Akkorde, die Niclas anschlug, kamen Lio bekannt vor. Dass Niclas noch besser singen als Gitarre spielen konnte, war eine echte Überraschung. Seine raue Stimme passte perfekt zu seinem Song.

Come gather 'round people
Wherever you roam …
…
For the times
they are a-changin'.

14

AM NÄCHSTEN MORGEN REGNETE ES. Lio wachte davon auf, dass die Regentropfen laut auf das Deck trommelten.

Sie setzte sich verwirrt auf und musste einen Augenblick überlegen, wo sie sich befand. Im gleichen Moment begann Orpheus zu bellen, und sie erinnerte sich wieder an den letzten Abend.

Niclas hatte zusammen mit ihrem Vater bis nach Mitternacht Gitarre gespielt und gesungen, während Lio in der Hängematte herumfaulenzte. Irgendwann war Orpheus frech auf ihre Beine gesprungen und hatte die Hängematte so zum Schaukeln gebracht, dass Lio beinahe in die Nordsee katapultiert worden war. Später war sie so müde gewesen, dass ihr Vater sie wie früher, als sie noch klein war, hinunter in die Koje getragen und ins Bett gebracht hatte.

Sie passte auf, dass sie sich nicht wie gestern den Kopf stieß, als sie aufstand. Zum Glück hatte sie daran gedacht, ihre Regenjacke einzupacken. Die zog sie vorsichtshalber an, bevor sie hinausging.

In der Kombüse stand benutztes Frühstücksgeschirr herum und eine lauwarme Kanne Kaffee. Von Papa, Patty und Niclas keine Spur. Dass Niclas noch schlief, glaubte sie nicht. Schließlich hatte er in der Hängematte übernachtet.

Wenn er Pech hatte, war er ganz schön nass geregnet worden.

Lio suchte sich einen sauberen Becher, füllte ihn mit viel Milch und wenig Kaffee und schnappte sich einen übrig gebliebenen Honigtoast. Sie setzte sich auf einen Hocker und guckte aus dem Bullauge hinaus. Dunstiger Nebel hing über dem Hafen, der Himmel war bis auf ein paar dunkle Wolken kaum zu erkennen.

Das waren keine so tollen Aussichten. Ihre Lust, sich mit der Kleinfamilie ihres Vaters unter Deck aneinanderzukuscheln, weil es schüttete, hielt sich in Grenzen. Sie war unschlüssig, was sie als Nächstes tun sollte. So aß sie erst einmal ihren Toast auf und trank den Becher bis auf den letzten Tropfen leer.

»Okay, dann mal los«, machte sie sich selber Mut. Auch wenn es gestern Abend ganz nett gewesen war, fühlte sie sich merkwürdig fremd auf dem Hausboot. Sie wäre gerne mal eine Weile mit ihm alleine gewesen, aber anscheinend gab es ihn zurzeit nur im Doppelpack.

Gerade als Lio nach oben klettern wollte, klingelte ihr Handy.

»Hi, Süße, alle Flossen noch dran?«

»MIMI«, schrie sie erleichtert in das Telefon. »Super, dass du anrufst.«

Sie ging nach nebenan, in das sogenannte Wohnzimmer, und ließ sich auf das grasgrüne Sofa fallen.

»Ist was passiert?«, fragte Mimi alarmiert. »Du hörst dich an, als würdest du gleich absaufen. Blöd, dass es draußen so schüttet. Bei dem Wetter hätte ich echt keinen Bock auf Boot.«

Lio schüttelte den Kopf. »Nein, ist total cool hier, aber …« Sie brach mitten im Satz ab und seufzte.

»… stressen die dich? Oder nervt dieser Niclas?«, fragte Mimi besorgt. »Soll ich vorbeikommen?«

Lio antwortete nicht.

»Ist überhaupt kein Problem, Lio. Ich habe sowieso Lust, mir das Hausboot und so anzugucken.«

Lio überlegte. »Ja, das wär schön. Aber vielleicht sollte ich Papa besser vorher fragen. Ich meine …, es ist ziemlich eng hier, und wenn es regnet erst recht.«

Sie hörte an Deck schleifende Geräusche und dazwischen die laute Stimme ihres Vaters. Entspannt klang anders.

»Ist doch kein Drama!«, widersprach Mimi. »Wenn dein Vater wirklich nicht einverstanden ist, kann er mich ja wieder wegschicken. Der ist doch bestimmt auch total neugierig, was du für Freunde hast.« Ihre Stimme klang ziemlich entschlossen.

»Du, ich muss auflegen. Da oben tut sich was«, sagte Lio. »Ich ruf dich gleich wieder an.«

Sie steckte ihr Handy in ihre Jeans und spurtete die Eisentreppe hinauf an Deck. »Hallo, Papa!«, rief sie. »Hier bin ich!« Sie raste auf ihn zu und rutschte im gleichen Moment aus, so glitschig war der Boden vom vielen Regen. Lios Vater erwischte sie gerade noch am Ellbogen, bevor sie hinfiel, und zog sie an sich.

»Ihhh, Papa, du stinkst ja wie die Pest!«, rief Lio entsetzt und ließ ihn schnell los.

In der ganzen Hektik war ihr gar nicht aufgefallen, dass er in Arbeitskleidung steckte und seine Arme voller Ölflecken waren.

»Das ist nur Diesel!«, beruhigte er sie. »Ich habe zusammen mit Klaas gerade den Motor ausgebaut, damit er nicht kaputtgeht. Unten ist alles voll Wasser gelaufen.«

Tatsächlich lag mitten auf dem Deck der Schiffsmotor. Und ein vollbärtiger Typ, der aussah wie ein Ringer, schraubte gerade daran herum. Er trug ein T-Shirt, das mal weiß gewesen war und auf dem **Lucky Boy** stand.

Der Unterhosen-Mann!

Er hob den Kopf, strahlte Lio mit unglaublich weißen Zähnen an und sagte: »Keine Sorge. Das kriegen wir hin. So schnell säuft der Kahn nicht ab.«

Lio sah ihn erschrocken an. Besonders beruhigend fand sie das nicht.

»Eine reine Vorsichtsmaßnahme«, sagte der Ringer. »Wir wollen ja nicht *Titanic* spielen. Vertrau mir, ich kenne mich mit Schiffen aus. Ich bin schon um die ganze Welt gesegelt.« Er warf sich stolz in die Brust und wischte seine öligen Finger an einem Lappen sauber.

Schon der Zweite, der im Zusammenhang mit Papas Hausboot die *Titanic* erwähnte, dachte Lio. Bei Niclas hatte sie das noch für einen albernen Scherz gehalten. Wo war er überhaupt?

»Wo ist Niclas?«, fragte Lio.

»Der hat sich dein Fahrrad geborgt und macht eine kleine Rundfahrt«, sagte ihr Vater entschuldigend. »Du hast doch nichts dagegen, oder? Er hat noch gar nichts von Hamburg gesehen, seit wir hier sind.«

Lio runzelte die Stirn. Langsam riss ihr der Geduldsfaden. Was borgte sich Niclas eigentlich nicht von ihr aus? Die Gitarre, ihren Vater, das Fahrrad …

Zum Glück konnte er mit ihren Klamotten nichts anfangen. Sie musste kichern, weil sie diesen Gedanken selber ziemlich absurd fand.

»Und Patty?«, fragte sie.

»Sie ist in der Stadt unterwegs, ein bisschen Sightseeing«, sagte ihr Vater. »Geh besser wieder unter Deck. Du erkältest dich sonst.«

Aber gerade das hatte Lio nicht vor. Sie setzte ihre Kapuze auf, um nicht nass zu werden, und lehnte sich gegen die Reling. Mieses Wetter machte ihr nichts aus. Hauptsache, sie war mal mit ihrem Vater für ein paar Minuten alleine.

Klaas war mit dem Motor beschäftigt und ächzte vor sich hin.

Es gab ein paar Dinge, die Lio schon seit dem Wiedersehen im Kopf rumgingen. Sie hatten alle mit Papas neuer Familie zu tun und mit Lios Sorge, dass sie sich jetzt noch weniger als bisher sehen würden.

Lio fand das nicht gerecht. Schließlich konnte sie nichts dafür, dass es mit ihren Eltern nicht geklappt hatte.

»Kann ich dir helfen, Papa?«, fragte sie. »Es ist echt super, dass wir mal länger Zeit zum Quatschen haben.«

Ihr Vater sah sie schuldbewusst an. »Es tut mir so leid, mein Schatz. Ich weiß, ich habe mich noch gar nicht richtig um dich gekümmert. Und deshalb bin ich auch so froh, dass wenigstens Niclas an Bord ist. Sonst würdest du dich sicher zu Tode langweilen. Das hier soll doch ein wenig wie ein Abenteuer für dich sein.«

Er schaute zu Klaas hinüber und rief: »Alles klar, Kollege? Ich schalte jetzt die Pumpe an und werde das Wasser aus dem Maschinenraum rausleiten.«

Er krempelte seine Arbeitshose hoch und stieg mit bloßen Füßen hinunter in den Maschinenraum.

Lio kletterte hinterher. »Aber Papa! So geht das nicht. Ich muss wirklich dringend mit dir reden.«

Ihr Vater sah sie an und sagte: »Sorry, Liora. Aber das hier ist nichts für kleine Mädchen. Klaas und ich haben jetzt wirklich zu tun. Das siehst du doch. Wir reden dann später, ja?«

Er nickte Klaas zu und zeigte mit dem Daumen nach oben.

Klaas aktivierte die Elektropumpe. Kreischend setzte sie sich in Betrieb.

Lio presste erschrocken die Hände auf ihre Ohren und rief: »Das ist echt nicht fair, Papa. Und ich bin auch kein kleines Mädchen mehr.«

In ihrer Verzweiflung war sie, ohne groß zu überlegen, in den Maschinenraum gesprungen. Nun hatte sie nasse Turnschuhe und eine schmutzige Hose.

»Mist, Mist, Mist!« Sie hievte sich aus dem Maschinenraum heraus, setzte sich auf das feuchte Deck und zog ihre Turnschuhe aus.

Klaas schüttelte den Kopf. »Die kriegst du erst mal nicht mehr trocken. Du hättest bei dem Schietwetter lieber Gummistiefel anziehen sollen.« Er zeigte auf seine eigenen Gummitreter, die ihm bis über die Knie reichten.

»Ach, Mist«, schimpfte Lio. Sie warf ihre nassen Schuhe einfach die Treppe hinunter und krempelte ihre Hose hoch.

»Hi, Lio. Dein Fahrrad fährt wirklich eins a. Ich bin den ganzen Hafen runter, bis zum Zoll. Fast wäre ich da auch durchgekommen. Aber da war so ein Heini, der hat leider zu gut aufgepasst.«

Ohne dass sie es bemerkt hatte, war Niclas aufgetaucht. Er hatte gerötete Wangen vom Radeln und war ziemlich durchgeweicht. Aber das schien ihm überhaupt nichts auszumachen.

»Na, klasse. Meine Sachen werden einfach so verteilt, ohne dass man mich fragt, und wenn ich dann mal eine Minute mit meinem eigenen Vater reden will, so ganz in Ruhe, dann hat er keine Zeit«, rief Lio.

Niclas sah sie verblüfft an. »Ist wieder Zickenalarm, oder was? Wie oft habt ihr Mädchen das eigentlich? Aber mich kannst du gerade nicht ärgern. Meine Tour war viel zu schön.«

Er begann, sich noch an Deck seine nasse Kleidung auszuziehen. »Ach, und übrigens, vergiss nicht, dass du in **meiner** Koje und in **meinem** Bett liegst. Da darf ich ja wohl mal zwei Stunden auf **deinem** Fahrrad fahren.«

Lio funkelte ihn wütend an. »Und du vergiss nicht, dass sich **deine** Koje und **dein** Bett im Hausboot von **meinem** Vater befinden. Das gehört alles Papa, dir und Patty gehört gar nichts. Ihr dürft hier nur mitfahren.«

Sie sprang auf, um nach unten in ihre Koje zu verschwinden. Dabei trat sie auf die Windjacke, die Niclas ausgezogen und auf das Deck geworfen hatte, und rutschte erneut aus.

Diesmal hatte sie nicht so viel Glück.

Sie fiel unsanft auf ihren Po und schoss mitsamt der Jacke wie auf einer Wasserrutsche unter der Reling hindurch ins Hafenbecken.

Sekunden später klatschte Lio auf der Wasseroberfläche

auf und versank. Ihr Abflug war so rasant gewesen, dass sie nicht einmal dazu gekommen war, zu schreien.

Erst als sie in voller Montur wie ein Fliegender Fisch aus dem öligen und stinkenden Hafenwasser nach oben schoss, kreischte sie angsterfüllt: »Papa! Hilfe!« Sie paddelte wild umher und spuckte angeekelt.

Dann hörte sie es dreimal hintereinander neben sich aufklatschen.

Orpheus war als Erster bei ihr und haute seine scharfen Zähne beherzt in ihre Regenjacke. Gleich darauf packte Niclas sie und zog sie mit einem geübten Rettungsschwimmergriff zum Hausboot. Ihr Vater, der direkt hinter Niclas ins Wasser gesprungen war, kraulte keuchend neben den beiden her.

Von oben ließ Klaas eine Strickleiter herunter, und sie hievten die am ganzen Körper zitternde Lio gemeinsam nach oben. Erst als Lio sicher an Bord war, holte ihr Vater Orpheus aus dem Hafenbecken. Der Hund war gerne im Wasser und wäre am liebsten noch länger dringeblieben.

Mit nassem Fell war er so schwer wie ein nasser Teppichvorleger, und Lios Vater brauchte Klaas' Hilfe, um ihn über die Reling zu heben.

»Alles wieder okay, Lio? Was machst du denn für einen Quatsch?« Ihr Vater umarmte sie besorgt.

Lio nickte und schluchzte. »Mir ist kalt!« Sie klapperte immer noch mit den Zähnen, obwohl Niclas ihr eine dicke Decke über die Schultern gelegt hatte.

Orpheus kam winselnd herbeigelaufen. Lio kraulte ihn hinter dem Ohr. »Du stinkst wie eine Tonne fauler Fisch«, sagte sie.

»Ich glaube, Orpheus muss in die Reinigung«, sagte sie zu Niclas.

»Ich fürchte, das müssen wir alle«, grinste er. »Und unsere Klamotten auch. Machst du das häufiger, anderen so einen Schrecken einzujagen? Jetzt weiß ich, warum du so viele Sachen zum Anziehen dabeihast.«

Lio kicherte. »Doofkopp.« Sie guckte ihn dankbar an. Das war wirklich nett gewesen, einfach so hinterherzuspringen, fand sie.

»Gut, dann ab unter die Dusche, ihr Wasserratten«, befahl ihr Vater und zwinkerte ihr zu. »Sonst setzt ihr noch Algen an.«

In der Zwischenzeit hatte es aufgehört zu regnen. Er sah zufrieden in den Himmel. »Los, Klaas. Wäre doch gelacht, wenn wir diesen Kahn nicht wieder fahrtüchtig kriegen würden.«

15

DIE SONNE SCHIEN WIEDER.

Lio hatte unter Deck heiß geduscht und ihre blauen Flecken gezählt, die sie sich bei der Rutschpartie eingefangen hatte. Sahen ganz schön beeindruckend aus, besonders der große auf dem Oberschenkel.

Ihr Vater hatte ihr einen rot-weißen Liegestuhl an Deck aufgebaut und befohlen, sich nicht von der Stelle zu bewegen. »Weitere Tauchversuche sind heute streng verboten«, sagte er.

Lio nickte. Bei der Erinnerung an den öligen Geschmack des Hafenwassers schüttelte sie sich immer noch.

Dummerweise hatte sie jetzt nur noch ihre Cowboystiefel, jedenfalls so lange, bis ihre Turnschuhe wieder getrocknet waren.

Aber zum Glück hatte ihr Vater ihr ein paar Badelatschen von Patty gegeben. Die waren zwar ein paar Nummern zu groß, aber immer noch besser, als mit Hacken über das Deck zu laufen. Da hatte Niclas tatsächlich recht gehabt.

Sie war überrascht, dass Niclas nicht mehr beleidigt war. Schließlich hatte sie ihn, bevor sie ins Wasser gefallen war, ganz schön angezickt. Hätte ihm doch eigentlich egal sein können, was mit ihr passiert. Er wusste ja, dass Papa da war, um sie zu retten. Aber Niclas hatte keine Sekunde überlegt und war ihr nachgesprungen. Das hätte nicht jeder Junge gemacht.

Nur ärgerlich, dass ihr Handy kaputt war. Nachdem sie es aus der nassen Hosentasche herausgezogen hatte, machte es keinen Piep mehr.

Niclas hatte es auseinandergebaut und zum Trocknen auf den Campingtisch gelegt. Vielleicht ging es ja später wieder.

Jetzt konnte sie ihrer Mutter gar keine SMS schicken und Mimi nicht mehr anrufen. Wer weiß, was die sich alles ausdenken würde, wenn sie **Der Teilnehmer ist nicht zu erreichen** hörte.

Plötzlich kam ihr Jasper in den Sinn, und sie spürte sofort wieder dieses angenehme Schmetterlinge-im-Bauch-Gefühl. Durch das ganze Chaos an Bord hatte sie schon viel zu lange nicht mehr an ihn gedacht. Und sie musste auch endlich mit ihrer Reportage anfangen.

Lio fragte sich, ob er sie auch so heldenhaft aus dem Hafenbecken gerettet hätte wie Niclas.

So etwas Albernes. Natürlich wäre Jasper gesprungen, beantwortete sie sich ihre Frage selber. Mindestens genauso schnell und ohne nachzudenken wie Niclas.

Allerdings hätte Jasper anschließend vielleicht wegen seiner Klamotten einen Aufstand gemacht. Er legte viel Wert auf gute Kleidung und machte sich ungern schmutzig.

Hoffentlich lachte er sie nicht aus, wenn sie die Story in ihre Reportage einbaute. Sie war sich gar nicht sicher, ob sie diesen Zwischenfall überhaupt erwähnen sollte. Es wäre ja gar nicht passiert, wenn sie sich nicht mit Niclas gestritten hätte. Und dieser Streit wiederum gehörte wirklich nicht in eine Schülerzeitung.

Sie seufzte. Ganz schön kompliziert. Da hatte sie eine lustige Hausboot-Story mit gleich drei Lebensrettern, und sie konnte sie nicht aufschreiben. Denn **Lio Live** hatte keine Lust, eine Witzfigur abzugeben.

Niclas war unter Deck und machte Orpheus' Dreadlocks sauber. Der Arme konnte ja nicht ahnen, dass sein wagemutiger Sprung ins Hafenbecken zur Folge hatte, dass er von oben bis unten eingeseift wurde.

Im selben Augenblick kam Orpheus wie ein Pfeil angeschossen. Bestimmt war er Niclas entwischt, denn an seinem Fell klebten noch jede Menge Schaumwolken. Offensichtlich glaubte er, dass Lio ihn vor weiteren Qualen retten konnte, denn er sprang mit einem großen Satz auf ihren Schoß.

»Ihhhh! Du klebst ja«, quietschte Lio und versuchte sich von dem nassen Bündel zu befreien.

Niclas kam mit einem Badetuch herbei und rief: »Halt ihn fest, Lio. Gut festhalten! Damit ich ihn abtrocknen kann.«

Zu spät. Orpheus war schon hinuntergeplumpst und schüttelte sich kräftig.

»Ihhhh!« Lio lachte. »Ich hab schon geduscht, du Depp.«

Niclas grinste. »Stimmt. Und gebadet hast du ja auch.« Er ging in Deckung, weil Lio ihren Badelatschen nach ihm warf.

Der Latschen traf allerdings nicht Niclas, sondern Patty, die gerade die Leiter heraufkletterte. »Autsch!«, rief sie. »Das ist ja ein sehr netter Empfang. Gehört der Badeschuh nicht mir?«

Sie kletterte über die Reling.

»Sorry«, sagte Lio zerknirscht. »Der Wurf war eigentlich für Niclas bestimmt. Der ist so superfrech und macht sich ständig über mich lustig.«

Sie duckte sich, weil sich Niclas den Latschen geschnappt hatte und jetzt auf sie zielte.

»Was ist passiert?«, fragte Patty. »Und gib mir mein *shoen* zurück. Das ist kein Spielzeug.«

»Das ist eine längere Geschichte, Ma«, antwortete Niclas für Lio. »Robert hat ihr die Latschen gegeben, weil ihre Turnschuhe klatschnass sind und stinken.«

»Lio ist ins Hafenbecken gefallen«, erklärte Lios Vater, der gerade mit einem Kaffeebecher nach oben kam. Er hatte sich mit Klaas für eine Arbeitspause nach unten verzogen. »Ich erzähle dir das später ganz in Ruhe.« Er nahm Patty in den Arm und gab ihr einen Kuss zur Begrüßung.

»Das ist ja schlimm«, sagte Patty entsetzt und trank einen Schluck Kaffee aus seinem Becher. »Bist du gesund? *Arme meisje.*«

»Ist wieder okay«, sagte Lio verlegen. »Papa und Niclas haben mich gerettet.«

»Und Orpheus!«, ergänzte Niclas. »Dem müssen wir nachher unbedingt noch eine Lebensrettermedaille aus Hundefutter verpassen.«

Lio lachte. »Super Idee. Vielleicht reicht auch ein Wurstkringel. Die gibt's bei uns im Supermarkt.«

Seit sie ins Wasser gefallen war, hatte sie nicht mehr eine ganz so große Wut auf Niclas. Er war eigentlich in Ordnung und konnte schließlich nichts dafür, dass seine Mutter ausgerechnet mit ihrem Vater zusammen war.

Plötzlich hörten sie von unten eine Stimme laut rufen:

»LIO! HALLO! LIO! BIST DU HIER IRGENDWO? HALLO, LIO!«

»Das ist ja Mimi!«, sagte Lio und schnellte aus ihrem Liegestuhl hoch. »Meine Freundin Mimi!« Dabei stolperte sie beinahe über ihre eigenen nackten Füße.

»Vorsichtig, Lio, dass du nicht noch mal über Bord gehst«, warnte ihr Vater. »Mein Bedarf an Hafenwasser ist gedeckt.«

Niclas lachte. »Das wäre echt der Knaller. Dann muss Patty ran. Die war heute noch gar nicht im Hafenbecken.«

Lio wurde ganz rot vor Verlegenheit. Ihr Vater dachte jetzt bestimmt, dass seine Tochter ein absoluter Tollpatsch war. Sie musste sich angewöhnen, auf dem Schiff nicht so herumzuspringen, wie sie es sonst gewöhnt war.

»Komm, ist doch nicht schlimm«, sagte Niclas einlenkend. »Du hast einfach zu viel Temperament. Schalte einen Gang runter, und entspann dich.«

Lio antwortete nicht, aber sie sah ihn dankbar an. Sie kletterte barfuß die Außenleiter hinunter, das klappte noch am allerbesten.

Sie entdeckte Mimi, wie diese suchend auf dem Steg hin- und herlief.

»Mimi!«, brüllte sie und winkte heftig. »Hierher!«

Erleichtert rannte Mimi los. »Mann, ich schreie mir die ganze Zeit die Seele aus dem Leib«, meckerte sie los, als sie das Hausboot erreichte. »Kannst du nicht mal Piep sagen? Ich war schon nahe dran, einfach wieder zu gehen.«

Lio schüttelte den Kopf. »Na, du hast ja auch Nerven. Tauchst hier einfach so auf.«

»Wie wäre es, wenn du mal dein Handy einschaltest?«

Lio verdrehte die Augen. »Das Ding hat ein Bad im Hafenbecken genommen.«

Mimi kreischte entsetzt auf. »WAAAAAS? Dein neues Handy ist dir in diese Suppe gefallen?«

Lio machte eine kleine Kunstpause, bevor sie antwortete. »Nicht direkt. Ich bin gefallen, und das Handy war in meiner Hosentasche.«

Mimis Augen wurden so groß, als wollten sie jeden Moment herauskullern.

»*Holy shit!*«, stöhnte sie. »Kaum bist du mal einen Tag aus St. Georg weg, passieren dir die grauenhaftesten Dinge.« Sie beugte sich vor und flüsterte: »Hat dich vielleicht jemand gestoßen? Deine Stiefmutter oder so?« Sie sah sich um.

»Drehst du jetzt durch?«, antwortete Lio. »Die sind hier alle okay. Jedenfalls die meiste Zeit. Es war glitschig auf dem Deck, und ich hab nicht aufgepasst, das war alles. Hier, guck mal.« Sie zeigte Mimi den gigantischen blauen Flecken auf ihrem Oberschenkel.

Mimi bedauerte Lio dafür, sah aber trotzdem ein bisschen enttäuscht aus. »Schade. Das wäre eine echt gute Story für die *Re@lity* gewesen. Nach dem Motto: Eifersüchtige Stiefmutter schubst Lieblingstochter ins Hafenbecken. Du kannst doch nicht einfach schreiben, dass du ins Wasser gefallen bist. Das machen sonst nur Vierjährige. Und Jasper kriegt sich vor Schadenfreude gar nicht mehr ein.«

Lio seufzte. »Habe ich mir auch schon gedacht. Also habe ich bis jetzt noch keine Geschichte. Außer dass unter dem Motor ein Loch im Boot ist, das Papa gerade repariert, ist nämlich nichts wirklich Spannendes passiert.«

Sie guckte ratlos. »Sag mal, Mimi, glaubst du, Jasper hätte

mich aus dem Wasser geholt, also, ich meine – hätte er mich gerettet?«

Mimi lachte. »Nee, Lio. Das kannst du mal ganz schnell vergessen.«

»Wieso denn?«, fragte Lio ein bisschen beleidigt.

»Weil Jasper gar nicht richtig schwimmen kann. Das hat Rosalie jedenfalls erzählt, nachdem sie mit Erik und den anderen an den See gefahren war. Jasper hat wohl total Angst vor Wasser und hat gerade mal seinen großen Zeh reingehalten. Dafür hatte er die **schickste** Badehose an, mit so Flugzeugen drauf. Sogar Erik hat sich kaputtgelacht, und der ist sein bester Freund.«

Lios Vater tauchte oben an Deck auf und schaute neugierig zu Lio und Mimi hinunter.

»Hallo! Wollt ihr euch nicht zu uns setzen? Patty hat Kuchen mitgebracht. Wenn ihr Lust habt, koche ich Kaffee und Kakao.«

Lio nickte. »Super, wir kommen rauf.«

»Hey, das ist dein Vater?«, fragte Mimi. »Der sieht ja total gut aus. Sportlich irgendwie.«

»Findest du wirklich?«, fragte Lio überrascht. »Darüber habe ich noch nie nachgedacht.«

Eine Minute später düste Mimi in derselben Geschwindigkeit wie Lio über das Hausboot, brach in Entzückensschreie aus, besonders über das grasgrüne Sofa und Lios winzige Koje, und lugte in jeden noch so entlegenen Winkel, um auf keinen Fall etwas zu verpassen. Natürlich musste sie auch gleich die Hängematte ausprobieren und schaukelte darin wild hin und her.

»Ist diese Hektik ansteckend, oder seid ihr zwei genau

deshalb miteinander befreundet?«, fragte Niclas. »Wenn deine Freundin so weitermacht, liegt sie auch gleich im Hafenbecken.«

Lio lachte. »Die Vorstellung finde ich gar nicht schlecht. Ein weiterer Schwung, und *schwups!*, geht sie über Bord. Das wäre **der** Stoff für die Schülerzeitung. Dann müsste ich nur noch hinterherspringen und dich spektakulär retten, Mimi. Papa nimmt alles mit seiner Videokamera auf, und ich bin die Heldin unserer Schule. Und meine Story hätte ich auch.«

»Auf keinen Fall!«, protestierte Mimi und sprang aus der Hängematte. »Dann warst du mal meine Freundin.«

Sicherheitshalber kam sie an den Tisch zurück, auf dem Patty Erdbeerkuchen und Kaffee und Kakao serviert hatte, und setzte sich möglichst weit entfernt von der Reling auf einen Campinghocker.

»Was für eine Story ist das denn?«, fragte Lios Vater.

»Ach, ich schreibe eine Reportage über das Leben auf einem Hausboot für unsere Schülerzeitung *Re@lity*. Aber irgendwie fällt mir nichts Richtiges ein. Dabei ist es ganz wichtig, dass die Geschichte gut wird.«

Mimi strahlte. »Ja, denn der liebe Jasper wartet schon sehnsüchtig auf Lios Geschreibsel.«

Patty guckte interessiert von Mimi zu Lio. »Jasper? Ist das dein Freund?«

Bevor Mimi weiterplauderte, gab Lio ihr einen Tritt. »Nein, so ein Quatsch. Das ist nur der Chefredakteur. Er bestimmt, was gedruckt wird, und ich möchte schon ewig bei der Schülerzeitung mitmachen … Außerdem hab ich keinen Freund.«

»Du musst vielleicht auch ein bisschen im Hafen herumlaufen oder die Leute auf den anderen Booten interviewen«, schlug Patty vor. »Dann kommen die Ideen von ganz alleine – wie sagt man – geflogen.«

Mimi nickte. »Super. Wir können ja hier mal ein bisschen die Lage checken, Lio.«

»Ja, genau«, sagte Patty. »Nehmt doch Niclas mit. Der war heute schon mit Lios Fahrrad überall im Hafen unterwegs. Robert und ich machen hier inzwischen klar Schiff.«

16

DASS AUSGERECHNET NICLAS MITKAM, passte Lio gar nicht. Aber da er die Schleichwege von heute Morgen bereits kannte, gelangten sie mit seiner Hilfe vielleicht in den abgesperrten Zollbereich. Da gab es bestimmt spannende Sachen zu sehen.

Mimi beobachtete Niclas neugierig, wie er seine Turnschuhe anzog.

»Der ist doch eigentlich ganz süß«, flüsterte sie Lio ins Ohr. »Wenn Jasper nicht anbeißt, nimmst du eben den.«

»Quatsch«, flüsterte Lio zurück. »Was hast du denn für bescheuerte Ideen?«

Gerade als sie losliefen, klingelte Mimis Handy.

»Unterdrückte Nummer«, sagte sie, nachdem sie auf das Display geguckt hatte. »Bestimmt wieder ein Kontrollanruf meiner Ma, die denkt, dass ich sonst nicht rangehe.« Sie drückte auf *laut*.

»Hi, Mama. Ich bin bei Lio auf dem Boot. Es wird später«, rief sie genervt.

»Ähm …, Mimi, bist du das? Ähm. Hier ist Matte. Dann störe ich euch bestimmt.«

Mimi wurde vor Schreck kreidebleich.

»M…M…atte«, stammelte sie. »Nein, gar nicht. Das ist ja eine …, ähm …, Überraschung. Was ist denn los?«

Sie zappelte so nervös von einem Bein auf das andere, als ob sie dringend aufs Klo müsse.

»Ach, na ja. Nichts Bestimmtes. Ich dachte, du hast vielleicht …, du hast vielleicht Lust auf ein Eis? … Heute eröffnet doch diese neue Eisbude am Hansaplatz, mit den vielen bunt bemalten Lampions vorne im Fenster. Das Eis soll super schmecken. Aber wenn du bei Lio bist, hat sich das ja erledigt.«

»Nein, warte. Matte. Halt! Nicht auflegen. Ich … wollte eigentlich gerade los. Also, Lio und ich sind eigentlich … durch …« Sie warf ihrer Freundin einen entschuldigenden Blick zu. »Also …, wann soll ich kommen?«

»Irgendwann in der nächsten Stunde wäre cool. Ich warte vorne am Brunnen auf dich. Tschüss.«

Er legte auf.

»Tschüss«, sagte Mimi mit schwacher Stimme in die tote Leitung. »Bis gleich, Matte.« Fassungslos starrte sie ihr Telefon an.

»DAS IST JA TOTAL SCHRECKLICH!«, kreischte sie plötzlich los. »Hast du das gehört, Lio? Matte will mit mir Eis essen. Das ist doch der Hammer. Matte will mit mir Eis essen. Nee. Nee! Da geh ich auf keinen Fall hin.« Sie schlug sich verzweifelt die Hände vors Gesicht und ließ sich erschöpft auf den Steg fallen.

»Das überleb ich nicht, das überleb ich nicht, das überleb ich nicht«, wimmerte sie ohne Unterbrechung.

Niclas räusperte sich. »Was ist los mit ihr?«, fragte er Lio entgeistert. »Wird Mimi von diesem Matte gestalkt oder so? In so einem Fall sollte man eigentlich gleich der Polizei Bescheid geben.«

Lio sah Niclas verdutzt an. »Wie kommst du denn auf so was?«, fragte sie. »Mimi ist total in Matte verknallt, und jetzt hat er sie zum ersten Mal angerufen und zu einem Eis eingeladen. Ist doch logisch, dass sie austickt.«

Niclas schüttelte fassungslos den Kopf.

»Nee, Lio. Mimi benimmt sich doch, als wäre dieser Matte ihr ärgster Feind. Da komme ich nicht mit.«

Lio schnaubte ungeduldig. »Weil du nicht sensibel bist. Jungs sind bei so etwas nie sensibel.«

»Doch, Matte schon«, mischte sich Mimi empört ein. »Matte ist anders. Er ist voll sensibel.« Sie stöhnte laut. »Und deshalb kann ich da unmöglich hingehen.«

»Natürlich gehst du da hin. Und zwar jetzt sofort«, befahl Lio streng. »Und damit basta. Die ganze Zeit bist du schon in den Typen verknallt und er in dich. Mach das doch nicht kaputt. Wenn du nicht hingehst, dann glaubt er doch, du willst nichts von ihm.«

Mimi schüttelte panisch den Kopf. »Nee, glaubt er nicht. Ich rufe ihn an.«

Sie suchte hektisch nach seiner Nummer. »Oh nein! Ich hab die Nummer ja gar nicht. War ja gerade unterdrückt.«

Lio nickte zufrieden. »Siehst du. Das ist ein Zeichen. Dann mal los.«

Niclas zupfte Lio am Arm. »So kann Mimi nicht gehen. Die ist ja total fertig mit den Nerven«, gab er zu bedenken.

»Siehste. Sogar Niclas meint das«, jammerte Mimi.

»Ich hab eine Idee«, sagte Niclas.

»Welche?«, riefen Lio und Mimi im Chor.

»Wir gehen zu dritt. Dann können Lio und ich dir den Rücken stärken, Mimi, oder eingreifen, wenn du zum Beispiel ohnmächtig wirst. Das habe ich in so einem albernen Teenie-Film gesehen. Anscheinend passiert das bei Mädchen manchmal. Ich nehme die Gitarre mit, und wenn euch der Gesprächsstoff ausgeht, spiele ich einfach einen Song zwischendurch. Dann ist es nicht so peinlich. Ich könnte sagen, dass ich Lio auch zum Eisessen einlade. Damit Matte nicht Lunte riecht.«

»Total bescheuert«, rief Lio entsetzt. »Da mache ich auf keinen Fall mit.«

»Super!«, jubilierte Mimi. »Das ist eine super Idee. Doch, Lio, du musst unbedingt mit. Schon weil du meine beste Freundin bist, kannst du mir das nicht abschlagen. Erinnerst du dich noch, dass ich vor ein paar Tagen deinen Schülercafé-Termin getauscht habe, damit du …«

»Ist ja gut, ist ja gut«, unterbrach Lio Mimi hastig. »Du brauchst mir jetzt nicht mein ganzes Leben unter die Nase reiben.«

Sie machte einen allerletzten Versuch, Niclas diese Idee auszureden.

»Niclas, du wirst dich total langweilen, ich sag dir das. Matte ist voll nett, aber so ein bisschen plemplem im Oberstübchen. Also, nicht wirklich, aber er ist nicht gerade der Entertainer, will ich damit sagen. Das hat man ja gerade am Telefon gehört. Und ob das Eis dort wirklich so lecker ist, kann ich dir auch nicht garantieren. Bisher war da eine Dönerbude drin.«

Niclas guckte unternehmungslustig. »Kein Problem. Ich hatte ohnehin mehr Lust auf einen Stadtbummel. Die Ecke, wo du wohnst, sah nämlich echt cool aus. Fast wie in Amsterdam bei Robert.«

Für einen kurzen Moment wurde Lio wieder stocksauer. Aha, in Amsterdam bei ihrem Vater kannte Niclas sich also auch bestens aus. Lio hatte ihren Vater dort noch nie besucht.

»Bitte, bitte, Lio.« Mimi sah sie flehend an.

»Na gut«, gab sich Lio einen Ruck. »Aber wenn einer von euch beiden nervt, bin ich sofort weg. Damit das klar ist.«

Vor Freude fiel Mimi ihrer Freundin um den Hals. »Du bist die Beste, Beste, Beste!«, rief sie überschwänglich.

»Ist ja gut«, sagte Lio geschmeichelt. »Dann muss ich mich aber doch noch schnell umziehen.«

Eine Viertelstunde später tauchte sie in ihrem knallgrünen Kleid und den Cowboystiefeln wieder auf. Wacklig kletterte sie hinunter auf den Steg.

»Du siehst toll aus«, sagte Mimi. »Fast so, als hättest du das Date.« Sie kicherte. »Na, du hast ja auch eines mit einem Typen, der super Gitarre spielt. Jedenfalls erzählen wir das Matte.«

»Blödsinn«, sagte Lio und wurde rot. »Du redest manchmal so einen Mist, dass einem fast die Ohren wegschmelzen.«

»Viel Spaß beim Eisessen!«, rief ihr Vater.

Lio sah, wie er Niclas zwanzig Euro zusteckte. Wenigstens konnten sie sich jetzt zwei ordentliche Eisbecher mit Sahne leisten.

Gerade als sie am Bahnhof ankamen, fuhr die S-Bahn ein. Niclas wurde mit Lios Gitarrenkoffer unter dem Arm von den Fahrgästen neugierig angestarrt. Plötzlich hatte sie ein flaues Gefühl im Bauch und eine seltsame Vorahnung. Hoffentlich ging gleich alles gut.

17

AM HANSAPLATZ WAR DIE HÖLLE LOS.

Vor einiger Zeit hatte eine Bürgerinitiative zur Begrünung des Stadtviertels aufgefordert, und viele Bewohner von St. Georg hatten dabei mitgeholfen.

An diesem Wochenende war der Hansaplatz dran. Deshalb eröffnete auch heute das neue Eiscafé.

Überall standen Infostände und Buden. Die Leute, die Handzettel verteilten, hatten sich wie Sommerblumen verkleidet oder sich grüne Ranken um ihre Kleider geschlungen.

»Wow!«, rief Niclas. »Sehr cool. Da könnte man sich glatt dazusetzen und Musik machen und ein paar Kröten verdienen.«

»Erst gehen wir aber zum Brunnen«, sagte Mimi ängstlich. »Nicht dass Matte wieder abhaut, weil er denkt, ich komme nicht.«

Lio grinste. »Ach. Erst wolltest du überhaupt nicht hingehen, und jetzt kannst du es gar nicht mehr erwarten.«

Sie kämpften sich durch die Menschenmenge durch bis zum Brunnen.

»Mimi! Hallo!« Matte saß auf einem Stein und machte ein Gesicht wie vor einer Physikarbeit.

»Hi, Matte!«, erwiderte Mimi. Im Gegensatz zu ihm strahlte sie.

Die beiden starrten sich an und sagten keinen weiteren Ton.

»Na, Matte, alles klar?«, übernahm Lio die Gesprächsführung. »Ich habe noch einen Kumpel mitgebracht. Er ist gerade mit meinem Vater und seiner Mutter auf dem Hausboot unterwegs. Kommt aus Groningen.«

Sie stellte die zwei einander vor. »Niclas – Matte.«

Niclas hielt Matte die Hand hin. »Hallo, tolle Idee mit dem Eis. Ich habe Lio auch gleich zu einem eingeladen. Hoffe, du hast nichts dagegen.«

Matte sah sehr erleichtert aus. »Nein, im Gegenteil. Super. Spielst du Gitarre?« Er sprang auf und klopfte gegen den Gitarrenkoffer. »Zeig doch mal her.«

Lio wechselte einen erstaunten Blick mit Mimi. Bislang war ihr Matte noch nicht als besonders musikalisch aufgefallen.

Niclas öffnete bereitwillig den Gitarrenkoffer und holte die Gitarre heraus.

»Cool! Du hast eine Gibson? Ich fasse es nicht!«, rief Matte.

Allmählich wurde es Lio zu bunt. Sie räusperte sich laut: »Die Gitarre gehört übrigens mir und nicht Niclas. Und wenn du es genau wissen willst, war das mal die Gitarre von meinem Vater, bis er sie mir geschenkt hat. Ich habe sie Niclas bloß geliehen.«

Matte sah Lio verwirrt an. »Aha. So ist das.«

»Wollten wir nicht eigentlich ein Eis essen?«, fragte Mimi. »Das ist da nämlich schon ganz schön voll.«

Lio gab Niclas einen unsanften Schubs.

»Ja, klar. Es muss dringend ein Eis her, bei dem tollen Wetter. Was meinst du, Matte?« Er legte seinen Arm um Mattes Schulter, als wären sie alte Freunde.

Matte nickte. »Unbedingt. Und danach spielst du was auf ...«, er zögerte einen Augenblick, »... auf Lios Gitarre.«

Sie gingen schnellen Schrittes zur Eisdiele. Lio und Mimi liefen hinterher und versuchten, nicht den Anschluss zu verlieren. Mimi machte ein etwas unglückliches Gesicht, und wenn Lio ehrlich war, konnte sie das nur zu gut verstehen. Aber natürlich hätte sie das vor Mimi niemals zugegeben.

»Komisch, oder?«, sagte Mimi in diesem Augenblick.

»Was meinst du?«, fragte Lio scheinbar verständnislos.

»Na, Matte.«

»Du meinst, weil er noch niemandem erzählt hat, dass er sich für Musik und so interessiert? Ist wirklich toll, was man bei so einem Date alles herausfindet, oder? Vielleicht ist er ja klammheimlich ein Rockstar oder so.«

Mimi sah Lio verblüfft an. »Du nimmst mich jetzt aber nicht auf den Arm, oder?«

Lio schüttelte den Kopf. »Nein, auf gar keinen Fall!«, sagte sie. »Ich finde das alles super hier.«

Sie ergatterten die wirklich allerletzten Plätze vor dem Eiscafé. Die bequemen Liegestühle, die der Besitzer aufgestellt hatte, waren leider alle schon besetzt. Erleichtert ließ sich Lio auf einen harten Gartenstuhl fallen.

Sie hoffte, dass Matte irgendwann mal aufs Klo gehen würde, damit Lio Niclas verklickern konnte, dass sie es unmöglich fand, wie er Matte in Beschlag nahm. Schließlich war Mimi mit Matte verabredet und nicht Niclas.

Eine Sonnenblume kam zu ihrem Tisch und fragte: »Was darf es sein?«

Lio riss die Augen auf. Dieses knallgelbe Ungetüm war niemand anders als Eva. Ungefähr die letzte Person, die Lio an so einem schönen Tag treffen wollte. Plötzlich erinnerte sie sich wieder an das Grummeln in ihrem Bauch. Leider konnte sie sich auf solche Eingebungen immer gut verlassen.

»Einen Walnussbecher mit doppelt Sahne und Ahornsirup«, bestellte Niclas wie aus der Pistole geschossen und strahlte Eva an. »Hübscher Hut«, sagte er und zeigte auf die gigantische Sonnenblume auf ihrem Kopf.

»Vielen Dank«, sagte Eva und strahlte zurück. Dazu machte sie allen Ernstes einen Knicks.

»Ach, Lio«, sagte Eva. »Du auch hier?« Die Sonnenblume verwandelte sich schlagartig in eine saure Zitrone.

»Was dagegen?«, fragte Lio. »In diesem Land herrscht freie Platzwahl. Und was machst du hier in diesem albernen Aufzug?« Sie nahm sich gar nicht erst vor, nett zu sein. Eva war schon lange ihre Erzfeindin. Das konnte auch jeder wissen. »Hast du endlich die Schule geschmissen und machst jetzt einen auf Aushilfskraft?«

»Völlig falsch, meine Liebe«, sagte Eva. »Das Eiscafé gehört meinen Eltern, und ich helfe hier heute nur aus, weil uns die Leute die Eisbecher vor Begeisterung aus der Hand reißen.«

Sie tat so, als würde sie etwas auf ihrem Block notieren, bevor sie weitersprach: »Was darf ich dir bringen?«

»Einen kleinen Kakao ohne Sahne.«

Niclas sah sie verblüfft an. »Lio!«, rief er und holte den

Zwanziger aus seiner Hosentasche. »Bestell dir was Ordentliches. Dein Vater gibt uns einen aus.«

Lio guckte genervt und wiederholte: »Einen kleinen Kakao ohne Sahne. Was dagegen?« Sie knallte die Eiskarte auf den Tisch.

Eva lächelte triumphierend. »Und ihr beiden?«, wandte sie sich Matte und Mimi zu.

»Einen Himbeershake mit Vanilleeis«, sagte Mimi mit kratziger Stimme.

»Ich nehme dasselbe wie Mimi«, sagte Matte.

»Okay«, sagte Eva und zog dabei das *kay* ewig in die Länge.

»Ein Walnussbecher mit doppelt Sahne und Ahornsirup, zwei Himbeershakes Vanille und einen kleinen Kakao ohne Sahne für die schlanke Linie. Kommt sofort.«

Lio stöhnte laut. »Ich muss gleich brechen«, sagte sie.

Niclas schaute sie verwirrt an. »Ist dir wirklich schlecht, oder habe ich was verpasst?«

Lio antwortete nicht, sondern starrte düster auf den Tisch.

»Das war Eva. Sie ist Lios Erzfeindin«, sagte Mimi.

»Wie? Die Sonnenblume?« Niclas lachte. »Das ist ja ein ulkiger Zufall. Lass dir doch von der Pflanze nicht den Tag verderben.«

Lio sah ihn gereizt an. »Wer oder was mich nervt, ist immer noch meine Sache, kapiert?«

Sie sprach kein Wort, bis Eva mit den Bestellungen zurück an ihren Tisch kam. Der Walnussbecher sah lecker aus, und auch der Himbeershake war ein echtes Gedicht, das konnte man auf den ersten Blick sehen.

»Vorsicht, heiß und fettig!«, sagte Eva, als sie den Kakao vor Lio hinstellte. »Dann lasst es euch mal gut schmecken.«

Sie legte die Bons auf den Tisch und wollte schon weitergehen, da drehte sie sich plötzlich noch mal um und sagte: »Ach, habt ihr eigentlich Jasper schon gesehen?«

Lio wurde noch heißer. »Wo denn?«, rief sie panisch und wäre gleich danach am liebsten im Boden versunken.

»Da, ein paar Liegestühle weiter«, säuselte Eva. »Er wartet auf mich, ich hab gleich Schluss. Das süße Baumkostüm hat er ganz alleine entworfen, nur die Strumpfhose hat er sich von mir geliehen.« Sie rief mit hoher Stimme: »Juchuh, Jasper! Rate mal, wer hier sitzt! Sag doch mal Hallo.«

Aus dem Liegestuhl erhob sich ein Büschel kräftiger Birkenzweige und drehte sich neugierig zu ihnen herüber.

Überraschenderweise war es nicht Mimi, die beinahe ohnmächtig wurde, wie Niclas anfangs befürchtet hatte, sondern Lio. Das Outfit von Jasper war auch wirklich gewöhnungsbedürftig. Er sah aus wie eine Mischung zwischen Grizzlybär und Dumbledore, aber der absolute Hammer war die dicke braune Wollstrumpfhose, in die er sich für seine Verkleidung gezwängt hatte.

18

»HALLO, LIO! Sag doch auch mal Hallo.«

Lio hatte ihre Augen zwar geschlossen, aber sie würde Jaspers Stimme immer aus hundert anderen Stimmen heraushören.

Schließlich hatte sie die letzten Wochen die meiste Zeit damit verbracht, sie sich in Erinnerung zu rufen, wenn er nicht da war. Im Physikunterricht bei Herrn Dr. Abel zum Beispiel. Lio hatte die Fähigkeit entwickelt, die knarzende Stimme des Lehrers verschwinden zu lassen und dafür Jaspers Stimme in Dauerschleife in ihrem Kopf abzuspulen und sich ihn herbeizuwünschen wie die gute Fee im Märchen.

Im Augenblick wollte sie allerdings gerade **das** nicht.

»Hi, Leute«, sagte Jasper. »Ja, ich weiß, das Kostüm ist ziemlich albern. Aber, Lio, du könntest trotzdem ruhig mal gucken.«

Lio öffnete vorsichtig die Augen.

»So schlimm finde ich es gar nicht, Lio«, kam Mimi Jasper zu Hilfe. »Nur ein bisschen … hässlich.«

Lio kicherte hysterisch. »Stimmt«, sagte sie. Sie bemühte sich, nicht auf seine Wollstrumpfhosenbeine zu starren.

Jasper sah Lio plötzlich so unsicher an, dass sie sich ganz schlecht fühlte.

»Vielleicht«, sagte Lio, »vielleicht finde ich dieses Kostüm auch deshalb etwas … gewöhnungsbedürftig, weil ich so doll gegen Birkenpollen allergisch bin. Ja, genau, das wird es sein! Ich habe schlechte Erfahrungen mit Birken gemacht, und deshalb finde ich dein Kostüm so … gar nicht hübsch.«

»Quatsch!«, redete Niclas dazwischen. »Geschmack hat doch nichts mit Heuschnupfen zu tun. Das ist das hässlichste Kostüm ever. Mimi hat recht. Wieso hast du dich nicht als Wichtel verkleidet, oder als **Sonnenblumerich**?«

Jasper sah Niclas verärgert an. »Ich wüsste nicht, dass ich dich nach deiner Meinung gefragt hätte. Kennen wir uns?«

Matte hatte bisher kein Wort gesagt. Jetzt mischte er sich doch noch ein.

»He, Jasper, lass mal. Niclas ist okay. Er ist ein Kumpel von mir und Lios Freund. Wir wollen nur ganz entspannt ein Eis essen. Und wenn du unbedingt eine Birke sein willst, um Eva zu imponieren – warum nicht? Jedem das Seine.«

Er löffelte den Rest von seinem Himbeer-Vanille-Shake und zwinkerte Mimi verlegen zu.

Einen Moment lang herrschte Schweigen am Tisch. Dann riefen Jasper und Lio im Chor: »QUATSCH!«

»Quatsch?«, fragte Mimi. »Wieso Quatsch?« Ihre Augen blitzten unternehmungslustig. Wie immer, wenn sie Chaos witterte.

»Niclas ist nicht mein Freund, **das** ist Quatsch«, sagte Lio und bekam rote Ohren.

»QUATSCH, sage ich ja«, nickte Jasper zufrieden. »Lio hat überhaupt keinen Freund. Und schon gar nicht diese Witzfigur. Das wüsste ich. Du erzählst mal wieder Mist, Matte. Immer für eine peinliche Bemerkung gut, die alte Socke.« Er hatte seine alte Lässigkeit zurückgewonnen.

Das allerdings passte Mimi ganz und gar nicht. »Jasper, du bist echt gemein! Matte wollte nur euren Zoff schlichten, und du machst dich über ihn lustig. Nett ist was anderes. Wenn du es wissen willst – ich finde auch, dass du daneben aussieht, und zu Lio: Falls Niclas ihr Freund wäre, würdest du das als Allerletzter mitkriegen. Du interessierst dich nämlich nur für dich.«

Sie klopfte wütend mit ihrem Eislöffel auf den Tisch.

Matte lächelte sie bewundernd an. »Wow! Danke!«, sagte er und nahm spontan ihre Hand. Mimi wurde knallrot, ließ es aber geschehen.

»Mensch, Leute, entspannt euch mal!«, sagte Niclas. »Wie wäre es mit ein bisschen Musik zur Abwechslung? Was meinst du, Matte?«

Er winkte der Sonnenblume und rief: »Zahlen, bitte!«

Die Sonnenblume alias Eva kam strahlend herbei. »Hat es geschmeckt?«, fragte sie.

»Lecker!«, antworteten Mimi und Matte gleichzeitig.

Matte hielt immer noch Mimis Hand und hatte mittlerweile einen genauso roten Kopf wie sie. Er ließ Mimi auch nicht los, als er bezahlte; beide sahen sehr glücklich aus.

»Ich zahle den Kakao mit«, sagte Niclas.

Eva warf einen Blick auf Lios unberührte Tasse und sagte: »Na, so was. Hat es uns nicht geschmeckt?« Sie schenkte Niclas ein hinreißendes Lächeln für sein großzügiges Trinkgeld und schickte Jasper einen Luftkuss, bevor sie an den nächsten Tisch weiterwirbelte.

»Alles klar, Leute?«, fragte Niclas und ergriff den Gitarrenkoffer. »Komm, Schatz, wir mischen uns unters Volk«, sagte er grinsend zu Lio und zwinkerte Mimi dabei zu.

Er erntete einen empörten Blick von Lio, aber Mimi lachte los und drückte begeistert Mattes Hand.

Die nächsten Eiscafégäste warteten schon ungeduldig auf frei werdende Plätze, und so entstand ein ziemliches Gerangel, als die vier aufstanden.

»**Hey, Lio! Warte.**« Jasper fasste Lio mitten in dem Getümmel am Ellbogen.

»Sag mal, wir könnten auch mal zusammen … irgendwo hingehen. Muss ja nicht unbedingt die Eisdiele sein. Du magst wohl nicht so gerne Eis, oder?«

Lio blickte in Jaspers veilchenblaue Augen und wusste gar nicht, was sie sagen sollte.

»Also, dann könnten wir auch in Ruhe deine Reportage besprechen und müssten uns nicht ins überfüllte Schülercafé setzen, wo man alle drei Minuten gestört wird …«, fuhr er fort.

»Lio, wo bleibst du?«, rief Mimi, bereits ein Stück entfernt. »Wir warten auf dich.«

Lio sah sich suchend um und winkte Mimi zu. »Ja, ich komme gleich!«

»Aber wenn du keine Lust hast …«, sagte Jasper. Er klang enttäuscht.

»Doch, klar hab ich Lust!«, sagte Lio schnell. »Klar. Sehr sogar.« Sie strahlte ihn an.

»Cool. Am besten, wir machen gleich Montag was aus.« Er grinste erleichtert. »Ich verspreche dir auch hoch und heilig, dass ich nicht als Birke bei unserer Verabredung auftauche.« Ein ungeduldiger Eiscafégast schubste ihn einfach zur Seite, und Jasper ließ Lios Ellbogen los.

»Bis dann«, sagte er. »Das ist echt toll, dass wir uns

treffen. Ach, bevor ich es vergesse: Dein Outfit ist einfach genial. Besonders die Stiefel.«

Lio schlängelte sich zwischen den Stühlen zu ihren Freunden hindurch.

»Was war los?«, fragte Mimi gespannt.

»Er will sich mit mir verabreden«, antwortete Lio.

»WUAHHHH!«, brüllte Mimi. »Ich fass es nicht. Ich hab es **immer** gewusst.«

Niclas drehte sich neugierig um.

Lio legte die Finger auf ihre Lippen und guckte Mimi warnend an.

»Musst du mir gleich genauer erzählen«, flüsterte Mimi.

Vor dem Brunnen auf dem Hansaplatz hatte sich eine Menschtraube um ein paar Musiker gebildet. Es herrschte gute Stimmung.

»JONNY!«, rief Lio. »Da ist ja Jonny.«

Sie wandte sich an Niclas. »Du weißt schon. Der Freund von meinem Vater, mit dem *Johnny-Cash*-Hemd.«

Sie warteten, bis Jonny Duin eine Pause machte und sich etwas abseits setzte.

»Hallo, Jonny«, begrüßte ihn Lio. »Wie läuft's?«

Jonny hielt den Daumen nach oben. »Eins a. Sehr spendabel die Leute heute. Liegt bestimmt an dem vielen Grünzeug. Das macht ihnen gute Laune. Guck mal. Ich hab auch schon eine Sonnenblume geschenkt bekommen.«

Er erblickte den Gitarrenkoffer, den Niclas in der Hand hielt. »He, ist das nicht …«

Lio nickte. »… Papas Gitarre. Das ist Niclas von Papas Hausboot. Ich hab ihm die Gitarre geliehen. Er spielt das *Bob-Dylan*-Lied auch.«

Jonny Duin sah Niclas interessiert an. »Tatsache? Dann zeig mal, was du draufhast, mein Junge.«

»Gerne!« Niclas holte die Gitarre raus und setzte sich neben Jonny Duin auf die Bank. Nachdem er das Instrument kurz gestimmt hatte, legte er los.

Niclas war richtig gut!

Jedenfalls blieben immer mehr Leute stehen, um ihm zuzuhören. Auch Jonny machte ein Gesicht, als ob ihm das, was er hörte, sehr gut gefallen würde.

Lio war stolz auf Niclas. Seit dem Abend auf dem Hausboot wusste sie, dass Niclas wirklich gut spielen konnte. Aber dass er das jetzt hier vor all den Leuten bewies und sogar Jonny Duin damit beeindruckte, war noch mal ganz was anderes.

Nach ein paar Liedern von *Johnny Cash* und *Bob Dylan*, die von den Zuhörern bejubelt wurden – einige von ihnen sangen sogar mit –, rief Matte: »HE, NIC. Hast du auch was von den *Toten Hosen* in petto, oder hört man die bei euch in Holland nicht?«

Niclas lachte. »Na klar, kein Problem. *Die Toten Hosen* sind eine von meinen Lieblingsbands.«

Lio sah Niclas überrascht an. Dass er Songs von den *Toten Hosen* spielen konnte, hätte sie niemals gedacht. Sie hatte von ihrer Mutter zum Geburtstag sogar eine Konzertkarte geschenkt bekommen und war mit Mimi im Stadtpark bei ihrem Open Air gewesen. Zum Schluss hatte sie ein Autogramm von allen Jungs auf ihrer CD ergattert.

»Okay«, sagte Niclas und guckte Lio direkt in die Augen. »Der nächste Song, den ich spiele, heißt *Alles aus Liebe.*« Er lächelte sie an.

Matte klatschte begeistert und pfiff durch seine Finger.

Lio hatte plötzlich das Gefühl, dass ihr der Atem stockte.

Ich würde dir gern sagen,
wie sehr ich dich mag,
warum ich nur noch an dich denken kann …

Es war wirklich sehr heiß an diesem Tag auf dem Hansaplatz. Nur so konnte Lio es sich erklären, dass ihr total schummrig wurde. Sicherheitshalber setzte sie sich einfach auf den Boden und versuchte, tief ein- und auszuatmen.

»LIO?«, drang Mimis Stimme an ihr Ohr.

Und alles nur, weil ich dich liebe,
und ich nicht weiß, wie ich's beweisen soll.
Komm, ich zeig dir, wie groß meine Liebe ist …

»LIO!«

Der Song war zu Ende. Die Zuhörer klatschten und forderten eine Zugabe.

Niclas strahlte über das ganze Gesicht über den nicht enden wollenden Applaus.

Zwei kleine Mädchen, die als Tulpenkinder verkleidet waren, wollten unbedingt ein Autogramm auf ihre Unterarme von ihm. Sie hielten ihm bettelnd einen lila Filzstift hin.

»LIO! GEHT'S DIR NICHT GUT?« Mimi rüttelte besorgt an ihrer Schulter.

»Alles super«, sagte Lio mit einiger Verzögerung. »Mir ist bloß ein wenig schwindlig geworden. Ich glaube, es gibt heute noch ein Gewitter.«

Matte nickte. »Ist voll schwül«, sagte er und zeigte auf ein paar schwarze Wolken. »In den Nachrichten haben sie schwere Unwetter vorausgesagt.«

Lio stand wacklig auf, und Mimi hielt sie fest. »Du hast ja auch gar nichts gegessen. Nicht mal deinen Kakao hast du ausgetrunken«, sagte sie streng.

Im selben Augenblick kreuzten sich Lios und Niclas' Blicke.

Ein greller Blitz jagte über den Himmel, und kurz darauf donnerte es gewaltig.

»JETZT GEHT'S LOS!«, brüllte Matte. »Alle in Deckung.«

Sekunden später prasselte ein schwerer Platzregen auf die Erde nieder und scheuchte die Leute nach Hause in ihre Wohnzimmer.

19

LIO UND NICLAS hatten eine halbe Ewigkeit unter der Markise des Eiscafés gewartet, bis sie sich zur S-Bahn wagten. Nicht, weil sie so wasserscheu waren, sondern weil die kostbare Gitarre auf keinen Fall nass werden durfte.

Sie hatten in der Zeit kaum miteinander geredet, sondern waren merkwürdig verlegen gewesen. Lios Schwindel war nach einem großen Glas Wasser, das Mimi ihr aufgedrängt hatte, zwar verschwunden, aber sie hatte immer noch wacklige Knie.

Die S-Bahn war wegen des plötzlichen Regens komplett überfüllt, und sie mussten zwei Züge abwarten, bis sie einsteigen konnten. Wie die Heringe standen sie mit anderen genervten S-Bahn-Gästen eng aneinandergepresst. Zum Glück konnte sich Lio an den Gitarrenkoffer anlehnen, den Niclas zwischen sie gestellt hatte.

Im Waggon roch es nach Grillwurst und nassem Hund.

Lios Magen fuhr heftig Achterbahn. In jeder Kurve schloss sie die Augen und hoffte, dass sie durchhalten würde.

Erst in Veddel entspannte sich die Lage.

Leider war die Bahn dort wegen eines Leitungsschadens komplett ausgefallen. Aber das machte Lio nichts aus. Hauptsache, frische Luft. Sie setzte sich auf eine nasse Bank und atmete erleichtert durch.

Niclas blieb daneben stehen und schulterte die Gitarre. Er starrte eine halbe Ewigkeit auf seine Fußspitze, bevor er sich entschloss, etwas zu sagen.

»Echt Mist mit dem Regen, oder?«

Lio nickte. »Ja. Totaler Mist.« Sie guckte gespannt auf die Anzeige. »Die nächste kommt immer noch nicht«, sagte sie. »Auf der Strecke funktioniert öfter mal was nicht.«

Sie starrte in die Pfütze vor ihren Füßen und beobachtete, wie eine Fliege versuchte, dem Ertrinken zu entfliehen. Immer wenn die Fliege es beinahe geschafft hatte, fiel sie wieder in das schmutzige Wasser zurück. Schließlich war sie so erschöpft, dass sie aufgab. Lio rettete die Fliege und setzte sie auf eine leere Zigarettenschachtel.

»Jonny Duin ist cool«, sagte Niclas. »Aber er hatte das Hemd nicht an.«

Lio schüttelte den Kopf. »Wahrscheinlich schont er das für seinen Auftritt auf dem Hafenfest. Dann kannst du es bestimmt sehen.«

Sie schwiegen, bis eine Ersatzbahn einfuhr. Sie war völlig leer.

Niclas stellte die Gitarre sicher ab und ließ sich auf eine Bank fallen.

»Setz dich doch«, sagte er und klopfte mit den Fingerknöcheln auf den Platz neben sich.

Lio schüttelte den Kopf. »Nee, auf gar keinen Fall. Also, ich meine, ich stehe momentan lieber. Ist besser für meinen Kreislauf.«

Niclas nickte. »Haben dir die *Toten Hosen* gefallen?«

Lio antwortete nicht. Sie machte ein Gesicht, als wäre sie mit ihren Gedanken sehr weit weg.

»LIO!«

»Was?« Lio sah ihn verwirrt an. »Sorry, ich war gerade abgelenkt.«

»Magst du die *Toten Hosen*?«, versuchte es Niclas noch mal.

»Äh, klar. Die *Toten Hosen*. Tolle Band. Die findet ja jeder cool«, antwortete Lio zerstreut. »Im Stadtpark waren sie auch erst vor Kurzem.« Sie guckte konzentriert aus dem Fenster.

»Wir sind gleich da. Nicht dass wir noch vergessen, auszusteigen.« Sie nahm schon mal die Gitarre und stellte sich an die Tür. Es dauerte dann aber doch noch eine ganze Weile, bis der Zug endlich hielt.

Kurz bevor sie auf den Steg einbogen, der zu den Hausbooten führte, sagte Lio: »Hoffentlich ist das Boot nicht gesunken.«

»Ach, Quatsch«, antwortete Niclas.

Aber so ganz unberechtigt war ihre Sorge nicht. In der kurzen Zeit hatte es heftig geregnet. Der Wasserspiegel im Hafenbecken war deutlich angestiegen. Die Straßen und Zufahrten waren bereits überschwemmt, weil das Wasser nicht schnell genug ablaufen konnte.

Als sie an dem knallroten Hausboot ankamen, erwies sich ihre Angst Gott sei Dank als unnötig.

Nicht nur Orpheus begrüßte sie freudig. Auch ihr Vater und Patty waren bester Laune. Klaas war mit an Bord. Diesmal mit einem neuen blütenweißen Shirt **Mamas Boy**. Anscheinend hatte er von diesen Dingern ein ganzes Hausboot voll.

Der Campingtisch war bereits festlich mit einer weißen

Tischdecke gedeckt, und anstelle der Trinkbecher standen echte Gläser darauf. Es gab Fisch, frisch aus der Nordsee, neue Pellkartoffeln mit Butter und Petersilie und zum Anstoßen für jeden ein Glas alkoholfreien Sekt.

»Gut, dass ihr kommt!«, rief Lios Vater. »Wir warten schon ganz ungeduldig.«

»Was gibt es denn so Tolles zu feiern?«, fragte Lio. Ihr fiel wieder das Grummeln in ihrem Bauch ein. Schließlich war der Tag noch nicht vorbei. Wer weiß, was er noch für Überraschungen auf Lager hatte. Lio überlegte, was für sie die schockierendste aller Nachrichten wäre.

Wenn Papa beschlossen hätte, wieder zu heiraten, und Niclas mein Stiefbruder würde, dachte sie. Dann würde ich mir ernsthaft überlegen, in den Regenwald auszuwandern.

»Lio! Du bist ja ganz blass!«, rief Patty. »Hast du heute überhaupt schon etwas gegessen?«

»Sie hat Kreislauf oder so«, antwortete Niclas für Lio.

»Arme *meisje*«, sagte Patty und legte tröstend den Arm um Lios Schulter. »Komm, setz dich schnell hin. Du musst viel frische *vis* essen, das ist *goed* Nervennahrung.«

Lio wand sich ungeduldig aus ihren Armen. »Nein! Vorher will ich wissen, was wir feiern. Sonst esse ich nichts!«

Niclas sah sie an. Lio nörgelte gerade herum wie eine Vierjährige und nicht wie jemand, der bald fünfzehn wurde.

Patty schien das zum Glück nicht zu merken. Stattdessen lachte sie und sagte:

»Du hast natürlich völlig recht, Lio. Wir sollten uns schämen, uns den Bauch vollzustopfen, ohne den Grund für unsere gute Laune zu nennen. Ich fange also an.«

Sie entkorkte die Sektflasche, füllte die Gläser und begann mit ihrem Trinkspruch:

»Ich hebe das Glas auf unsere Helden Robert und Klaas, die unter Einsatz von Leib und Leben in das stinkende Hafenbecken getaucht sind und unser schönes Hausboot vor dem Untergang gerettet haben. Mit anderen Worten: Das Leck achtern ist dicht, und wir können an Bord bleiben.«

Sie prostete in die Runde und trank einen Schluck, während alle anderen applaudierten.

Lio fiel ein tonnenschwerer Stein von der Seele. Sie schämte sich ein wenig. »Super, Papa!«, rief sie euphorisch. »Du bist echt ein Genie!«

Sie umarmte ihn und drückte ihn heftig.

»Und ich?«, fragte Klaas.

»Um deinen Bauch komme ich mit meinen Armen nicht rum, du bist zu dick«, sagte Lio, und alle lachten.

»Okay. Dann also ran an den Fisch!«, rief Lio gut gelaunt und setzte sich an den Tisch. Sie griff nach der Schüssel mit den Kartoffeln.

»Halt!«, rief ihr Vater. »Ich habe noch eine gute Nachricht. So viel Zeit muss sein. Es ist eine schöne Überraschung.« Er legte den Arm um Patty, und sie tauschten einen geheimnisvollen Blick miteinander. »Feierlich wollen wir auch unseren jüngsten Nachwuchs an Bord begrüßen.«

Holy shit, Patty ist schwanger, dachte Lio schockiert. Das dicke Ende kommt immer zum Schluss ...

Schlagartig schossen ihr die Tränen in die Augen.

Sie wollte nicht, dass ihr Vater noch ein Kind bekam. Das war noch schlimmer als eine Stiefmutter plus Stiefbruder.

»Dann lasst uns mal gemeinsam backbord gehen und einen Blick auf eine geheimnisvolle Schönheit werfen«, fuhr Lios Vater fort und lachte.

Jetzt verstand Lio nur noch Bahnhof. Wie in Trance lief sie den anderen hinterher.

Direkt am Heck des Hausbootes war mit einem dicken Seil eine himmelblaue Nussschale befestigt. Wenn man genauer hinguckte, konnte man sie als Boot identifizieren.

»Das ist unsere *True Love*«, sagte Lios Vater stolz.

»Klettere die Leiter runter, Lio, dann kannst du das Messingschild mit dem Namen darauf sehen. Die Schiffstaufe holen wir aber ein anderes Mal nach. Denn wenn ich nicht sofort was hinter die Kiemen bekomme, verhungere ich und werde selber Fischfutter.«

Patty lachte und gab ihm einen Kuss auf den Mund. »Du bist wirklich *lief*, Robert.«

Der Fisch war total lecker. Lio aß ihren Teller bis auf den letzten Krümel leer.

Als sie sich nach dem Essen pappsatt in die Hängematte legte, überlegte sie, was sie heute so furchtbar durcheinandergebracht hatte.

Eigentlich hatte alles mit Jasper und seinen echt gruseligen Wollstrümpfen angefangen. Eva war schuld gewesen, dass Lio auf ihren leckeren Eisbecher verzichtete, und Matte hatte Chaos verbreitet, weil er behauptete, Niclas sei ihr Freund. Gleichzeitig hatte sie zum ersten Mal das Gefühl gehabt, dass Jasper ihr nicht so überlegen war wie sonst, wenn sie sich in der Schule trafen. Und das fand sie eigentlich ziemlich cool.

Nur komisch, dass er das Birkenkostüm überhaupt angezogen hatte, wenn er es selber gar nicht gut fand. Und warum war ihm plötzlich Lios Meinung dazu so wichtig? Er kümmerte sich doch sonst auch nicht darum, was andere sagten.

Dass er sich mit ihr verabreden wollte, hatte sie erst gar nicht kapiert. Obwohl es genau das war, was sie sich schon eine halbe Ewigkeit wünschte.

Sie hatte gemerkt, dass er ganz unsicher wurde, als sie nicht gleich Ja zu dem Date sagte. Das konnte doch nur bedeuten, dass es ihm wirklich wichtig war. Ihr Plan hatte also schließlich doch noch funktioniert. Dann war doch alles gut. **Kein Grund zur Panik.**

»Hey, mein Schatz. Alles in Ordnung? Du bist so still!« Lios Vater beugte sich über die Hängematte und sah Lio prüfend an.

»Ich bin nur total voll, Papa, und ich denke ein bisschen nach!«, antwortete Lio und schlang ihre Arme um seinen Hals. »Und ich bin froh, dass du das Loch repariert hast und das Hausboot nicht untergeht, und die *True Love* ist so supersüß. Bitte, bitte, bitte, darf ich sie morgen taufen?«

Ihr Vater lachte. »Na, klar, warum nicht?« Er gab ihr einen Kuss auf die Nasenspitze. »Jonny Duin war ja auch am Hansaplatz, habe ich von Niclas gehört. Ich kann es kaum erwarten, meinen alten Kumpel wiederzusehen. Hat er auf der Gibson gespielt?«

Lio schüttelte den Kopf. »Nee, Niclas hat doch darauf gespielt. Die Leute haben wie verrückt geklatscht. Er konnte sogar meinen Lieblingssong von den *Toten Hosen* spielen.«

Ihr Vater nickte. »Der Junge kann noch viel mehr. Er ist unheimlich begabt. Ich hoffe, er macht später mal was mit Musik.«

Ihr Vater hatte recht. Wenn Niclas Gitarre spielte, war das etwas ganz Besonderes. Man fühlte sich dabei wie verzaubert.

Alles aus Liebe hatte ihr von ihm sogar besser gefallen als live im Stadtpark von den *Toten Hosen*.

»SEHR VIEL BESSER!«, sagte sie laut.

»Sehr viel besser?«, fragte ihr Vater. »Wer oder was ist *sehr viel besser*?«

Lio guckte erschrocken. »Ach, nichts. Ich hab nur laut gedacht«, sagte sie.

»Hast du ein Geheimnis?«, fragte ihr Vater. »Du guckst irgendwie so …«

Lio schüttelte den Kopf. »Nee, hab ich nicht. Und was meinst du damit, dass ich *irgendwie so gucke …*?«, brummte sie.

Ihr Vater lächelte. »Ach, Liora. Du weißt doch genau, was ich meine. Du guckst verliebt. Ob du das jetzt zugibst oder nicht. Aber keine Sorge. Ich bohre nicht weiter nach, wer der Glückliche ist …« Er zwinkerte ihr zu und ging hinüber zu Klaas, der seinen wohlgenährten Bauch zufrieden über die Reling streckte.

Voll frech, mein Papa, dachte Lio.

Aber natürlich hatte er recht. Sie war in Jasper und seine veilchenblauen Augen verliebt, und das schon eine ganze Weile.

»Na, Lio. War cool heute Nachmittag, oder?«, hörte sie Niclas' raue Stimme ganz nah an ihrem Ohr.

Lios Herz begann zu rasen. »Hast du mich jetzt aber erschreckt.«

Sie merkte, wie ihr die Röte ins Gesicht stieg.

»Tut mir leid«, sagte Niclas. »Der Hansaplatz ist einfach klasse«, fuhr er fort.

»Und die Leute dort haben Lust auf Musik. Vielleicht werde ich ja doch noch Straßenmusiker. Oder ich gründe eine Band. So wie die *Toten Hosen*. Mit knallehrlichen Texten. *Alles aus Liebe* ist echt auf dem Punkt, oder?«

Er schubste ihre Hängematte an, sodass sie ganz gemächlich zu schaukeln begann.

»Klar«, sagte Lio. »Total auf dem Punkt. Hundertprozentig.«

Vermutlich hatte Lio einfach zu viel Fisch gegessen. Das vertrug sich nicht mit schaukelnden Hängematten. Plötzlich begann es in ihrem Bauch nämlich total zu flattern. Sie probierte es mit der Atemmethode vom Nachmittag.

»Warum holst du denn so laut Luft?«, fragte Niclas verdutzt.

»Zu viel gegessen«, keuchte Lio zwischen zwei Atemzügen. »Fliegende Fische im Bauch. Sauerstoffmangel oder so.«

Niclas lachte. »Das ist ja nicht so schön. Patty kennt da ein ganz tolles Mittel. Das hat sie immer gemacht, wenn ich als kleiner Junge mal Bauchweh hatte. Pass auf …«

Zu Lios Entsetzen legte er seine Hand auf ihren Nabel und sagte: »Du musst jetzt nur die Augen zumachen und deinen Atem ganz entspannt in meine Hand wandern lassen …, na los. Mach die Augen zu, Lio, und entspann dich«, befahl er.

Lio schloss die Augen und versuchte verzweifelt, sich zu entspannen.

»Einatmen. Ausatmen. Einatmen. Ausatmen. Einatmen ...«

Ich glaube, der Typ hypnotisiert mich, dachte Lio. Aber es geht mir tatsächlich besser.

»Einatmen. Ausatmen. Einatmen. Ausatmen. Einatmen.«

»Hey, Niclas, was ist los?«, hörte sie Pattys Stimme.

»Lio hat Bauchweh, Ma. Aber ich glaube, es ist jetzt wieder okay, sie ist gerade eingeschlafen.«

»Na prima. Was ist mit deinem Küchendienst heute, Niclas? Du hast es versprochen.«

Lio hielt die Augen sicherheitshalber so lange geschlossen, bis sie überzeugt war, dass sich Patty und Niclas von der Hängematte weit genug entfernt hatten. Augenblicke später hörte sie Geschirr klappern.

Erst jetzt machte sie die Augen wieder auf und starrte in den Sternenhimmel.

Niclas hatte recht gehabt. Die Fliegenden Fische waren weg.

Aber stattdessen war ein ganzer Schwarm Schmetterlinge eingezogen.

Diese Schmetterlinge in ihrem Bauch wirbelten Lios Gefühle gründlich durcheinander und hinderten sie gemeinerweise hartnäckig daran, einen einzigen klaren Gedanken zu fassen.

Was war in den letzten Stunden nur passiert? Sie war doch in Jasper verliebt. Und plötzlich schwirrte ihr ständig Niclas durch den Kopf. Das war echt total verrückt.

Die eine Strophe von den *Toten Hosen*, die Niclas heute Nachmittag gespielt hatte, ging ihr einfach nicht mehr aus dem Sinn. Als er sie sang, hatte er Lio direkt angeschaut. Das war auf gar keinen Fall Einbildung gewesen. Seitdem war nichts mehr so wie vorher.

Ich bin kurz davor durchzudrehn,
aus Angst, dich zu verliern.
Und dass uns jetzt kein Unglück geschieht,
dafür kann ich nicht garantiern.

Lio wünschte sich im Moment nur eines. Dass die *Toten Hosen* mit ihrer düsteren Prognose auf gar keinen Fall recht behielten.

20

MITTEN IN DER NACHT wachte Lio von einem sanften Plätschern auf. Müde zog sie sich ihre Decke über den Kopf, aber das Plätschern hörte nicht auf.

Schlaftrunken richtete sie sich auf, denn sie musste plötzlich dringend zum Klo. Sie stellte die Füße auf den Boden und stand im selben Moment knöcheltief im Wasser.

Gleichzeitig berührte etwas Kaltes, Glitschiges ihr Bein. Lio schrie panisch und tastete nach der Taschenlampe. In ihrer Aufregung ließ sie die Lampe fallen, und sie landete im Wasser.

»Lio, was ist los?« Ihr Vater und Patty stürzten gleichzeitig herein und standen ebenfalls im Wasser.

»*Godverdamme!*«, rief Robert und richtete den hellen Strahl seiner eigenen Taschenlampe auf den Boden. Aus einer lecken Stelle blubberte braunes Hafenwasser wie aus einer Quelle. Ein Stichling trieb tot auf dem Rücken.

»OH NEIN!«, stöhnte Patty. »Das Boot sinkt!«

Lio fing an zu weinen.

»Komm erst mal an Deck, Lio«, beruhigte ihr Vater sie. »Das ist zwar richtig Mist, aber so schnell gehen wir nicht unter. Wo sind deine Sachen?«

Lio zeigte schluchzend auf ihre Reisetasche. Sie stand ebenfalls im Wasser.

Patty schnappte sich die tropfende Reisetasche, während Lios Vater ihr eine Decke über die Schultern legte. Sie zitterte vor Schreck am ganzen Körper. »Alles ist gut!«, versuchte Robert sie zu beruhigen. »Ich weiß, wie sehr du dich erschreckt hast. Das ist auch kein Wunder. Da hätte jeder Panik gekriegt, wenn er so aus dem Schlaf gerissen wird.«

Er gab Patty ein Zeichen. »Geh schnell nach oben und weck Niclas. Er soll einen Platz in seiner Hängematte frei machen«, sagte er. »Wir können nicht mitten in der Nacht von Bord gehen. Ich rufe Klaas an, er muss mir seine Handpumpe bringen. Ich komme mit Lio gleich nach.«

Patty nickte wortlos und verschwand.

Lios Vater brachte Lio nach nebenan ins Wohnzimmer. Er checkte mit einem prüfenden Blick das Holz. Alles war trocken.

»Okay. Hier ist alles dicht. Setz dich noch für einen Augenblick auf das Sofa«, sagte er und streichelte ihr aufmunternd über die Wange. »Hey, keine Angst. Du bist doch meine tapfere Kleine.«

Er holte sein Handy aus der Hosentasche und drückte eine Kurzwahltaste.

»Robert hier. Sorry, dass ich dich wecke. Neues Leck in der Bilge … Ist gut. Danke. Bis gleich.« Er legte auf.

»Kann ich nicht hier unten liegen bleiben, Papa?«, fragte Lio. Sie klapperte immer noch mit den Zähnen. »Oben ist es bestimmt total kalt.«

Im selben Moment kam Patty zurück. Sie gab Lio eine trockene Jeans aus ihrer Reisetasche und einen warmen Wollpullover, der vermutlich Niclas gehörte.

»Wenn du dich warm genug anziehst, wirst du oben auch

nicht frieren«, sagte sie. »Gut, dass du so viele Sachen eingepackt hast. Die eine Hose ist trocken geblieben. Robert macht hier unten gleich ziemlich Krach mit Klaas, weil sie Wasser abpumpen wollen, da kannst du gar nicht schlafen. Der Himmel ist wunderschön, mit ganz vielen Sternen. Richtig romantisch.«

Lio wischte sich ihr Gesicht an ihrem T-Shirt trocken. Sie wollte nicht wie eine Heulsuse aussehen. »Müssen wir von Bord, Papa?«, fragte sie.

Ihr Vater zuckte mit den Schultern. »Das kann ich dir noch nicht sagen, Lio. Mal gucken, was Klaas meint.«

Orpheus begrüßte sie schwanzwedelnd an Deck. »Süßer!«, sagte Lio und umarmte ihn. »Haben wir dich geweckt? Das tut mir leid.« Sie vergrub ihr Gesicht tief in seinem struppigen Fell.

»Und dass du mich geweckt hast, ist nicht gemein?«, tönte Niclas aus seiner Hängematte. »Machst du das immer so, mitten in der Nacht Löcher in Boote bohren? Ich hatte gerade geträumt, dass ich mit *Ed Sheeran* ein Duett in der Royal Albert Hall singen wollte.«

»Na, ein Glück bist du wach geworden, bevor du dich blamiert hast«, meinte Lio. »Du kannst mir also dankbar sein.«

»Wie ich merke, geht es dir schon wieder besser, Lio«, sagte Patty und lächelte.

»Und du, *jongeman*«, wandte sie sich an Niclas, »sei nett zu Lio. Sie hat einen ziemlichen Schreck bekommen.«

Niclas richtete sich in seiner Hängematte auf. »Okay, wenn es sein muss …« Er grinste und machte eine einladende Bewegung. »Bitte sehr, nehmen Sie Platz.«

Kurze Zeit später lag Lio neben Niclas in der Hängematte. Abgesehen davon, dass es total peinlich war, mit einem fast fremden Jungen zusammen in einer Hängematte zu liegen, egal ob am Tag oder in der Nacht, war es eigentlich sehr bequem. Auf diese Weise kam sie doch noch in den Genuss, oben an Deck unter dem Sternenhimmel zu schlafen. Auch wenn sie gerade hellwach war.

»Und wo sind jetzt die zwei Millionen Mücken, über die du so geklagt hast?«, fragte sie. »Oder war das nur eine miese Ausrede, weil es hier viel gemütlicher ist als unten?«

»So etwas traust du mir zu?«, fragte Niclas gespielt empört. »Es hat sich eben bis zu den Mücken herumgesprochen, dass du nicht lange fackelst.«

»Was meinst du damit?«, fragte Lio.

»Na, die Sonnenblume von heute Nachmittag. Zu der warst du gar nicht nett. Obwohl – die hat ja auch ganz schön zurückgezickt.«

»Allerdings«, sagte Lio grimmig. »Glaub mir, sie hat es verdient.«

»Kann ja sein«, meinte Niclas. »Aber du hattest deswegen kein leckeres Eis, sondern nur einen Fertigkakao. Das ist doch doof. Der Walnussbecher war perfekt.«

»Du hast recht«, gab Lio zu. »Den Walnussbecher hätte ich auch gerne gegessen.«

»Weshalb seid ihr denn Feinde?«, fragte Niclas.

»Lange Story«, wehrte Lio ab. »Viel zu kompliziert.«

»Ich vermute mal, wegen Jasper«, sagte Niclas. »Übrigens, den finde **ich** ein bisschen schwierig.«

»Die Sache mit Eva hat überhaupt nichts mit Jasper zu tun«, sagte Lio so ruhig wie möglich.

»Glaub ich dir nicht.« Niclas grinste.

»Na und. Dann glaubst du es eben nicht.«

»Dich stört, dass die beiden zusammen sind, weil du in Jasper verknallt bist. Das sieht ein Blinder.«

»Quatsch! Die beiden sind nicht richtig zusammen, und ich bin nicht in Jasper verknallt. Ende der Diskussion.« Lio drehte sich weg.

»Jetzt hast du sogar zwei Mal in einem Satz gelogen. Ende der Diskussion.« Niclas drehte sich ebenfalls weg.

Lio versuchte, sich nicht zu bewegen, damit sie Niclas auf gar keinen Fall versehentlich berührte. Leider war diese steife Haltung auf Dauer ganz schön unbequem. Allmählich schliefen ihr zuerst der linke Arm und dann auch noch ein Bein ein. Außerdem fing sie in dem Wollpullover langsam, aber sicher höllisch an zu schwitzen.

Schließlich setzte sie sich mit einem Ruck auf.

»Was ist los?«, fragte Niclas erschrocken.

»Nichts«, erwiderte Lio schnippisch. »Mir ist warm. Was dagegen?« Sie zog sich den Pullover über den Kopf und knüllte ihn sich kopfkissengerecht klein.

»He, Lio. Nicht dass du auf meinen Lieblingspulli sabberst«, sagte Niclas.

»Bin ich ein Kleinkind?«

»So oft, wie du herumjammerst, schon.«

»Du bist wirklich bescheuert«, sagte Lio. »Total unsensibel.«

Niclas schwieg.

»Das ist schade«, sagte er nach einer langen Pause und mit auffällig rauer Stimme. »Du nämlich nicht. Komischerweise finde ich dich ziemlich nett …, sehr nett sogar.«

Lio schnappte nach Luft. Danach traute sie sich eine ganze Weile überhaupt nicht mehr zu atmen. Bis sie beinahe erstickte und geräuschvoll Luft einsog. Das gab ein komisches Geräusch.

»Hmm. Was ist los? Wieder ein Sauerstoffproblem?«, fragte Niclas.

Lio nickte. »So ähnlich«, sagte sie leise. Und dann räusperte sie sich ziemlich lange.

»Na, macht ja nichts«, antwortete Niclas. »Du bist ja an der frischen Luft. Unter freiem Himmel.«

Sie schauten beide schweigend hinauf in den leuchtenden Sternenhimmel.

In diesem Augenblick löste sich eine Sternschnuppe und flog einen eleganten Bogen Richtung Erde.

»Ein bisschen *Titanic* ist gar nicht schlimm. Was meinst du?«, fragte Niclas und legte seinen Arm um Lio.

»Finde ich auch«, sagte Lio. Sie kniff die Augen zu und wünschte sich etwas. Gerade als sie ihren Wunsch zu Ende gewünscht hatte, erlosch die Sternschnuppe.

21

ZUM FRÜHSTÜCK erwarteten Lio schlechte Nachrichten.

»Ich habe mit deiner Mutter telefoniert«, sagte Robert. »Es ist ihr lieber, wenn du sofort nach Hause kommst. Und sie will auch nicht, dass du nächstes Wochenende zu uns kommst, solange das Hausboot nicht komplett sicher ist. Sie macht sich einfach zu viele Sorgen.«

Lio guckte enttäuscht. »Aber das ist doch doof«, protestierte sie. »Du hättest Mama gar nicht erzählen sollen, dass das Schiff ein Leck hat. Mit der Pumpe und diesen Pfropfen, mit denen Klaas das Loch zugestopft hat, steht kaum noch Wasser in der Kajüte. Mama regt sich immer auf. Das weißt du doch, Papa.«

»Ja, genau«, sagte Niclas. »Sie stellt sich das bestimmt viel schlimmer vor, als es in Wirklichkeit ist. Warum kann Lio nicht einfach an Deck schlafen, so wie ich? Wir können doch eine zweite Hängematte anbringen. Oder sie schläft mit in meiner.«

Robert schüttelte entschlossen den Kopf. »Ihr stellt euch das zu einfach vor. Gitte hat ein Recht zu wissen, was hier an Bord los ist. Ich wollte nicht, dass sie glaubt, ich verheimliche ihr irgendetwas. Sie war von Anfang an nicht begeistert, dass Lio bei uns wohnt. Ein Fachmann wird das

Boot ganz genau unter die Lupe nehmen. Vielleicht gibt es ja noch andere Lecks. Wenn das so ist, kann auch so ein stabiles Hausboot in null Komma nichts sinken. Sobald ich die Gewissheit habe, dass alles in Ordnung ist, kommst du einfach wieder her, Lio. Schon vergessen? Ich werde eine ganze Weile hier in Hamburg bleiben.« Er zwinkerte ihr aufmunternd zu.

»Aber ich nicht«, sagte Niclas düster. »Bis alles an Bord okay ist, bin ich schon längst wieder in der Schule.«

Lio sah Niclas an. Daran hatte sie überhaupt nicht gedacht. »Das heißt, du gehst dann gar nicht hier in Hamburg zur Schule?«, fragte sie enttäuscht. »Fährst du denn alleine nach Groningen zurück?«

Patty lachte. »Das würde dem *jongeman* so passen. Den ganzen Tag Party und hübsche *meisjes* in unserer Wohnung. Oh nein. Ich gehe natürlich mit Niclas nach Hause *terug*.«

»Aber das *Pannekoek*-Schiff …«, wandte Lio ein. »Das wollte Papa doch mit dir zusammen machen.«

Patty nickte. »Ja, das stimmt. Aber das ist im Augenblick noch – wie sagt man – *fantasie*. Wenn es konkreter wird, dann werde ich mit Niclas neu überlegen. Hamburg ist eine sehr schöne Stadt. In Groningen und Amsterdam gibt es schon genug *Pannekoek*-Schiffe.«

Kurz bevor Lio das Hausboot verließ, verschwand Niclas unter Deck. Wenig später kam er wieder zurück. »Hier, dein Handy. Es geht wieder.«

Lio stieß einen Freudenschrei aus. »COOL. Wie hast du das denn hingekriegt?«

Niclas grinste. »Mit Pattys Fön. So habe ich meines auch schon mal gerettet.«

Lio überlegte. »Soll ich dir meine Gitarre leihen und das Fahrrad? Vielleicht willst du ja auf dem Hafenfest lieber auf der Gibson spielen; und mit einem Fahrrad bist du ratzfatz am Hansaplatz, um Jonny Duin Hallo zu sagen. Dort um die Ecke ist auch meine Schule, Rostocker Straße. Guck sie dir mal an, einfach so. Die ist echt okay.«

Niclas strahlte. »Vielen Dank. Ich passe supergut auf beides auf.«

Lio nahm sich beim Abschied zusammen. Aber als Orpheus zu winseln begann, vergoss sie doch noch ein paar Tränen.

Kaum saß Lio in der S-Bahn, schaltete sie ihr Handy wieder ein. Überrascht sah sie, dass Niclas ihr eine Notiz hinterlassen hatte:

Hey, Lio, falls du mal wieder eine Sternschnuppe brauchst – hier ist meine Nummer.

Als Allererstes rief sie bei Mimi an und erstattete ihr Bericht.

»NEIN!«, kreischte Mimi hysterisch. »Du hättest ertrinken können, wie auf der *Titanic*.«

Ein bisschen Titanic ist gar nicht so schlimm, hörte sie Niclas' Stimme …

»Ja, du hast total recht, Mimi«, sagte Lio. »Und als dieser tote Fisch meine Haut berührte, habe ich wirklich einen Moment lang gedacht, ich sterbe.«

Sie hielt das Handy von ihrem Ohr weg, weil Mimi vor Entsetzen mehrere Sekunden lang schrie. Als sie sich wieder eingekriegt hatte, sagte Mimi: »Aber eine Sache ist daran super. Du hast deine Story für die *Re@lity*. Jasper wird dir dafür die Füße küssen, sage ich dir. Mit dem Artikel steht ihr beim Schülerzeitungswettbewerb ganz oben auf der Liste.«

So weit hatte Lio noch gar nicht gedacht. Aber Mimi hatte natürlich absolut recht.

Sie kicherte. »Meine Füße reichen für die Story gar nicht aus. Dann schon meine Turnschuhe, mit denen ich ins Hafenbecken gefallen bin.«

Diese Geschichte war auf jeden Fall ihre Eintrittskarte in die Redaktion der Schülerzeitung. Da war sich Lio sicher. Am besten, sie fing gleich mit dem Schreiben an, sobald sie angekommen war.

Als sie zu Hause Sturm klingelte, öffnete niemand. An ihrer Zimmertür hing ein Zettel.

Süße, es tut mir so leid. Wasserrohrbruch im Laden. Komme so schnell ich kann.
Mama (Gitte)
PS: Im Kühlschrank ist noch ein Rest Möhrensalat. Ich bringe was vom Chinesen mit.

Na toll. Alles war wie immer. Aber Mama konnte ja nichts dafür, wenn ein Rohr kaputtging. Den Laden zu haben, war für sie eben sehr wichtig. Das sah Lio voll und ganz ein.

Es war seltsam, wieder in ihrem Zimmer zu hocken. Dabei war sie doch nur ganz kurz weg gewesen. Sie vermisste nicht nur das sanfte Schaukeln des Hausbootes. Jedenfalls konnte sie sich sehr gut vorstellen, auch länger bei Papa auf dem Boot zu wohnen. Warum sollte sie das nicht ausprobieren? Viele Scheidungskinder lebten abwechselnd mal bei ihrem Vater und mal bei ihrer Mutter. Mit dem Rad war man blitzschnell in St. Georg und in der Schule.

Lio nahm sich vor, diese Idee in die Tat umzusetzen, sobald ihre Mutter den Secondhandladen eröffnet und ihr Vater das Hausboot auf Vordermann gebracht hatte. Bis dahin musste sie allerdings diplomatisch sein. Damit sie es sich weder mit Gitte noch mit Robert verscherzte.

Sie setzte sich an den Schreibtisch, holte einen leeren Block hervor und ihren schönsten Stift und schrieb:

Ein bisschen Titanic macht mir keine Panik – Ein Reportage von LIO LIVE

Dann legte sie mit ihrer Story los.

Als sich der Schlüssel im Schloss umdrehte, stürzte sie zur Wohnungstür. »Mami, hallo!« Sie fiel ihrer erstaunten Mutter um den Hals.

»Hast du was Leckeres zum Essen mitgebracht? Ich habe nämlich einen Bärenhunger.«

»Ich war sicher, dass du total böse auf mich sein würdest, weil ich dich nach Hause beordert habe«, sagte Lios Mutter später, als sie satt nebeneinander auf dem Sofa lagen, einen gemütlichen Videoabend machten und Holunderlimonade mit viel Eis und frischer Minze tranken. »Ich bin wirklich froh, dass du mich verstehst. Ich musste doch sofort an das Hausboot denken, das im Januar gesunken ist. Am liebsten wäre ich auf der Stelle losgefahren und hätte dich abgeholt, als mir Robert das mit dem Leck erzählte. Aber ich musste mich ja wieder mal mit den Handwerkern herumschlagen.«

Lio nuckelte an ihrem Strohhalm, die Fernbedienung in der Hand, und sagte: »Ganz ehrlich, Mama. Papa hat wohl übertrieben. Das war eher eine kleine Pfütze.«

Ihre Mutter guckte überrascht. »Das hat in seiner Schilderung aber ziemlich anders geklungen. Warum sollte er mich extra in Angst und Schrecken versetzen wollen?«

Lio stellte ihr Glas auf dem Fußboden ab und sagte: »Das war doch keine Absicht. Im Gegenteil, er will, dass du dir keine Sorgen machst, deshalb erzählt er dir alles haargenau. Papa ist eben ein Geschichtenerzähler. Er erfindet zu seinen Erlebnissen immer was dazu. Selbst wenn er nur Brötchen holen war. Er hat aber einen Fachmann angeheuert, der das Boot komplett durchcheckt. Damit auch wirklich nichts passieren kann. Und wenn doch was schiefläuft, kann er sich immer noch in sein Rettungsboot flüchten. Das ist himmelblau und heißt *True Love*. Eigentlich musst du dir das alles auch mal ansehen.« Sie streckte die Hand mit der Fernbedienung aus und startete den Film.

»Mal sehen«, sagte ihre Mutter. »Erst mal muss das mit dem Laden alles glattgehen. Dann bin ich sicher entspannter.«

Genau darauf hoffte Lio auch. Wenn es sein musste, hatte sie jede Menge Geduld.

22

AM NÄCHSTEN MORGEN fühlte sich Lio immer noch so, als ob sie eine Weltreise gemacht hätte. Dabei war sie nur ein paar Tage auf einem Hausboot gewesen.

In ihrem Rucksack hatte sie ihre Reportage. Jetzt, wo sie fertig geschrieben war, fühlte sich Lio plötzlich wieder unsicher.

Was würde passieren, wenn die Story Jasper nicht gefiele? Während ihres Dienstes im Schülercafé hatte sie schon häufiger mitbekommen, wie er Leute, deren Geschichten er nicht mochte, zur Schnecke machte. Selbst Eva hatte er angemeckert, weil sie es nicht geschafft hatte, die Models zu interviewen.

Wollte er sich nur mit ihr verabreden, weil er dachte, dass ihre Reportage supertoll war und *Re@lity* damit eine Chance bei dem Schreibwettbewerb hatte? Oder interessierte er sich tatsächlich für Lio und würde enttäuscht sein, wenn ihre Story Mist war?

Lio hatte keine Ahnung, wie sie das herausfinden sollte. Wahrscheinlich nur, indem sie ihm den Text einfach zu lesen gab. Und das Risiko einging, so oder so von ihm in die Wüste geschickt zu werden.

Sie war ziemlich früh aufgewacht.

Zum einen hatte sie es vermisst, von Orpheus' nasser

Zunge geweckt zu werden. Zum anderen hatte sie noch vor dem Weckerklingeln eine SMS von Mimi bekommen.

How is life, Lio Live? Warte um Punkt halb acht vor dem Tor. Mimosa

Da Lio Niclas ihr Fahrrad dagelassen hatte, musste sie zu Fuß gehen.

Nach dem Straßenfest am Wochenende wirkte der Hansaplatz wie leer gefegt. Entweder waren die Leute schon bei der Arbeit, oder sie erholten sich noch vom Feiern. Mit Tulpen bepflanzte Kübel und knallbunte Blumengirlanden an Türen und Fenstern erinnerten noch daran, dass es ein außergewöhnlich fröhliches Fest mit viel Musik gewesen war.

Selbst Jonny Duin war heute noch nicht auf den Beinen und ließ seinen Morgenkaffee ausfallen. Schade. Gerade jetzt hätte sie echt gerne ein bisschen mit ihm gequatscht. Er hatte nämlich ziemlich den Durchblick.

Gleichzeitig mit Dr. Abel bog Lio in die Rostocker Straße. Ausnahmsweise fuhr er mit seinem Fahrrad.

»AUS DEM WEG!«, rief er panisch, als Lio vor ihm die Straße überqueren wollte, und geriet dabei ins Schwanken wie bei Windstärke neun.

Eine Woche war es erst her, dass Lio ihren Vater zum ersten Mal auf dem Hausboot besucht hatte. Sie war gespannt, ob Niclas tatsächlich mal zum Hansaplatz kurven würde. Sicher lag er noch in seiner Hängematte und schlief tief und fest, während Lio sich mit der Schule herumschlagen musste.

Sie sah, wie Mimi ungeduldig nach ihr Ausschau hielt, im selben Moment piepte ihr Handy. Erwartungsvoll zog sie es aus ihrer Tasche. Vielleicht war Niclas ja doch schon wach.

Supergirl! Warte auf dem Schulhof bei den anderen Jungs auf dich. Bis gleich!

Jasper! Das war ja ein Ding. Sie konnte sich gar nicht erinnern, dass sie ihm ihre Handynummer gegeben hatte.

»Stell dir vor. Jasper hat mir gerade eine SMS geschrieben!«, rief Lio Mimi entgegen und vergaß vor Überraschung glatt, ihre beste Freundin ordentlich zu begrüßen.

»Wie krass ist das denn!«, rief Mimi entzückt. »Los. Diesmal komme ich mit. Das lasse ich mir doch nicht entgehen. Ich fass es nicht. Du hast **Mr Perfect** echt an der Angel.«

Jasper stand mit Erik und ein paar anderen aus der Zehnten unter dem Vordach des Kiosks. Von Eva war weit und breit keine Spur zu sehen.

»Liora Nova, Ermittlerin auf hoher See!«, rief Jasper übermütig. »Na, hast du das Wochenende im Dschungel überlebt? Du hast mir echt leidgetan, mit diesem komischen Typen und so. Auf einem Schiff kann man sich ja nicht aus dem Weg gehen.«

»Schon okay«, antwortete Lio. Sie hatte keine Lust, mit Jasper über Niclas zu reden, genauso wenig, wie sie mit Niclas über Jasper sprechen wollte. Dass die beiden sich nicht leiden konnten, war ja offensichtlich.

»Es war sogar noch ziemlich aufregend«, sagte sie und bemühte sich, ihre Stimme lässig klingen zu lassen. »Aber lies einfach selbst.« Sie öffnete ihren Rucksack und holte ein paar Seiten Papier heraus. Bis kurz vor Mitternacht hatte sie daran herumgefeilt. »Ich kann es dir auch gleich aus dem Computerraum per Mail schicken, wenn du willst.«

Neugierig riss Jasper ihr die Reportage aus der Hand. »Lese ich gleich in Chemie. Lio, du bist wirklich der totale Hammer. **Supergirl mit Sternchen** sozusagen.« Er strahlte sie an.

»Na, warte mit deinen Superlativen mal lieber ab, vielleicht gefällt es dir ja gar nicht«, sagte Lio unsicher.

»Quatsch, die Reportage ist bestimmt eins a«, mischte sich Mimi entrüstet ein. »Bezweifelt das hier irgendjemand?« Sie guckte sich herausfordernd um. »**Lio Live** wird Kult. Was wetten wir …?«

Die Jungs grinsten über Mimis große Klappe, aber keiner widersprach ihr.

Mimi suchte den Schulhof mit den Augen ab. »Ah, da drüben ist Matte. Ich geh schon mal vor, Lio.«

»Warte, Mimi, ich komme mit«, rief Lio. Allein mit den ganzen Jungs aus der Zehnten herumzustehen, war ihr irgendwie peinlich. Besonders, wenn sie Lio so neugierig anstarrten. Sie rannte Mimi hinterher und hielt sie am Shirt fest.

»Mensch, Lio!«, stauchte Mimi sie zusammen. »Benimm dich doch nicht wie eine aus der Fünften. Wach mal auf – du hast eine coole Story für die *Re@lity* geschrieben, der angesagteste Junge der Schule nennt dich vor seinen Mitschülern **Supergirl** …, was muss denn noch passieren?«

»Ja, stimmt«, sagte Lio geknickt. »Ich kann mir nur nicht erklären, dass Jasper plötzlich so zahm wie ein Meerschweinchen ist. Das verwirrt mich total, und ich denke ständig, da ist was faul. Und seit ich auf dem Hausboot war …« Sie sprach den Satz nicht zu Ende.

»Was ist denn, seit du auf dem Hausboot warst?«, fragte Mimi alarmiert.

»Ach, nichts«, sagte Lio. »Ich weiß es selbst nicht. Ich vermisse nur meinen Vater, das ist alles.« Sie kaute nachdenklich auf ihrer Unterlippe herum.

Sie war erleichtert, dass Matte Mimi in Beschlag nahm und sie nicht weiter darüber reden musste.

Ob ich Niclas eine SMS schicken sollte?, dachte Lio. Und wenn ja, was soll ich schreiben?

Nachdenklich ging sie in den Musikraum.

Kurz bevor Frau Fassina auftauchte, nahm Mimi Lio aufgeregt zur Seite.

»Ich hab sensationelle Neuigkeiten«, flüsterte sie ihr ins Ohr. »Mit Eva soll Schluss sein, sie haben sich wegen des Birkenkostüms total in die Wolle gekriegt. Das hat mir jedenfalls Rosalie gerade draußen auf dem Flur gesagt, und die hat es gerade von Erik gehört, und der ist Jaspers bester Freund.«

Die zwei Stunden Musik vergingen schneller, als Lio gedacht hatte, und waren richtig witzig. Sie lasen alle Raps noch mal nacheinander vor und überlegten, wie man sie verbessern konnte. Lio handelte sich sogar von Frau Fassina ein dickes Lob für ihre Mitarbeit ein.

Gerade als Lio mit ihrem Rap dran war, piepte ihr Handy. Mist!

Normalerweise bedeutete das für ein Handy: ab in Quarantäne, Mindeststrafe eine Woche. Lio hatte in diesem Halbjahr ihr Handy schon zwei Mal hergeben müssen.

Heute war Frau Fassina so gnädig und überhörte das Telefon einfach. Direkt nach dem Ende der Stunde schaute Lio nach, von wem die SMS war.

Lio Live! Komm in der Pause ins Schülercafé! Dringend! Jasper.

Lio hielt Mimi das Display hin. »Da haben wir den Ärger bereits«, sagte sie mit Grabesstimme.

»Nun warte doch erst mal ab«, versuchte Mimi ihre Freundin zu beruhigen. »Vielleicht geht es ja um etwas ganz anderes. Es muss ja nichts mit deiner Story zu tun haben.« Aber sie klang nicht wirklich überzeugend.

»Haha. Und warum schreibt er dann **Lio Live**, wenn es nicht um die Reportage geht?«, fragte Lio. Darauf wusste auch Mimi ausnahmsweise keine Antwort.

»Am besten, ich bringe es schnell hinter mich.« Lio seufzte. »Warte draußen auf dem Hof.«

Jasper war bereits da, als sie die Tür zum Schülercafé aufdrückte. Bis auf Anne hinter der Theke waren sie alleine. Aber das war Lio heute gar nicht recht.

»Lio!«, rief er, und er hörte sich ein wenig an, als würde er gleich ersticken.

Er sprang auf sie zu und zog sie aufgeregt auf das verschlissene Sofa in der Ecke. »Liora Nova«, wiederholte er mit vor Spannung vibrierender Stimme. »Dein Bericht ist **sensationell** gut. Ganz ehrlich. Du kannst nicht nur super schreiben. Es ist ja auch wirklich furchtbar, was du erlebt hast. **Titanic pur.** Zeig mal, wo genau dich dieser Fisch gebissen hat.« Er zeigte auf ihr Bein.

»Vielen Dank!«, sagte Lio und wurde vor Freude knallrot. »Aber ich habe die Sache mit dem Leck natürlich etwas …, na ja …, ausgeschmückt. Eigentlich war der Fisch auch schon vorher tot.«

»Na klar, ein bisschen übertreiben ist super!«, sagte Jasper. »Mit dieser Reportage können wir bestimmt endlich den Winnerpott in unsere Schule holen. Das Wilhelmgymnasium hat jetzt schon drei Jahre hintereinander den ersten Platz abgesahnt. Wird Zeit für einen Wechsel.«

Er holte eine rote Bio-Limonade von der Theke und stellte sie Lio hin. »Hier. Geht aufs Haus.« Er räusperte sich. »Was ich aber noch sagen wollte, Lio: Ich wollte dich fragen …, ob du …, ob du …« Er hörte sich an wie eine alte Schallplatte, die einen Sprung hatte. »… also, ob wir das mit dem Treffen in einem Café nicht lassen wollen, aber dafür morgen zusammen ins Schülerkino gehen.«

Zweimal im Monat gab es einen Filmabend in der Aula. Meistens wurden historische oder naturwissenschaftliche Filme gezeigt, die später im Unterricht besprochen wurden. Zwischendurch gab es auch ältere Zeichentrickfilme wie *Dornröschen* und *Dschungelbuch* oder echte Filmklassiker. Wobei sich Lio mit Jasper sogar das Leben der Saurier angeguckt hätte.

Als ob er ihre Gedanken erraten hätte, sagte er: »Keine Panik. *Die wunderbare Ameisenwelt* lief beim letzten Mal. Sie zeigen morgen *Zehn Dinge, die ich an dir hasse*. Das klingt jetzt nicht so romantisch, soll aber ein echter Kultfilm sein, meint Erik. Seine Schwester hat ihn auf DVD zu Hause. Er sagt, die Mädchen stehen auf diesen Film. Seine Schwester hat ihn sich schon über zehn Mal angeguckt.«

Und da Lio immer noch nicht antwortete, sagte er: »Du solltest vielleicht wissen, dass Eva und ich Schluss gemacht haben. Es war ja auch nicht wirklich was Festes. Eva war mir einfach zu wenig … ernsthaft.«

»Ernsthaft?«, wiederholte Lio überrascht.

Als er sich von Eva auf dem Schulfest abknutschen ließ, hatte Lio nicht das Gefühl gehabt, dass ihm das zu schaffen machte. Im Gegenteil. Vielleicht hatte er seine Meinung geändert.

»Klar komme ich mit. Sehr gerne sogar.« Sie lächelte ihn an.

»Super«, sagte Jasper und nahm ihre Hand. »Das hatte ich gehofft. Ich warte dann morgen Nachmittag vor der Aula auf dich.«

Lio rannte nicht, sie schwebte auf den Schulhof.

»WAS? Er hat deine Hand genommen?«, jubilierte Mimi. »Total aufregend.«

»Finde ich auch«, sagte Lio. »Ich glaub, ich träume.«

Mimi schüttelte energisch den Kopf. »Nee, Süße, das ist **Re@lity**.« Sie lachte sich über ihren eigenen Witz kaputt.

»Ich hab jetzt schon Panik«, sagte Lio und schüttelte sich. »Wahrscheinlich sterbe ich.«

Mimi nickte. »Klar, bestimmt. Das ist das Tolle. Ich könnte Matte fragen, ob er auch Lust auf Film hat. Obwohl er übermorgen eine Physikarbeit schreibt.«

Im selben Augenblick piepte Lios Handy.

Mimi lachte. »Super. Ha, er hat jetzt schon Sehnsucht nach dir, der Süße. Der bombardiert dich ab jetzt mit SMS. Was schreibt er denn?« Sie guckte Lio neugierig über die Schulter.

Hey, Sternschnuppe, nicht nur die Hängematte vermisst dich, komm morgen Nachmittag um 4 zum Hansaplatz

»LIO!«, brüllte Mimi los. »DAS IST JETZT ABER ECHT NICHT WAHR, ODER???«

23

ES WAR STRAHLENDER SONNENSCHEIN.

Lio saß vor dem Brunnen am Hansaplatz in ihrem grünen Kleid und den Cowboystiefeln und pulte Kerne aus einer Sonnenblume.

»Lio, ich weiß echt nicht. Ich habe ein ganz doofes Gefühl«, jammerte Mimi zum hundertsten Mal. »Glaub mir. Das gibt nur Stress.«

Lio zuckte mit den Schultern und sagte: »Sonst schiebe ich doch immer Panik. Warum regst du dich eigentlich so auf?«

Mimi klopfte mit ihrer Schuhspitze nervös gegen einen Blumenkübel und sagte: »Du kannst dich nicht mit Niclas und Jasper gleichzeitig treffen. So etwas geht nie gut. Seit ewigen Zeiten bist du in Jasper verknallt. Niclas verschwindet in zwei Wochen oder so zurück nach Groningen. Da ist doch klar, wer dein Date ist, oder?«

Lio antwortete nicht.

»Wenn Jasper das rauskriegt, findet er das bestimmt nicht toll. Das sage ich dir.«

Lio runzelte die Stirn. »Wo ist das Problem? Ich bin momentan weder mit Jasper noch mit Niclas zusammen. Ich bin nur mit beiden verabredet.«

Sie schob die Kerne ordentlich zu einem Haufen zusammen.

»So etwas geht nie gut, Lio«, wiederholte Mimi. »Sag nicht, dass ich dich nicht gewarnt hätte.«

Lio lächelte Mimi an. »Ich hab's kapiert, vielen Dank.«

Mimi stöhnte laut. »Du guckst total verliebt aus der Wäsche. Kaum auszuhalten. Sag mir doch einfach, in wen von beiden.«

Lio lächelte. »Möchtest du es ganz ehrlich wissen, Mimi?«

Mimi nickte. »Spuck's aus. Vielleicht habe ich doch noch eine Idee.«

»Tut mir leid, Mimi. Ich habe wirklich keinen blassen Schimmer.«

Lio hörte ihr eigenes Fahrrad klingeln und sah Niclas im gleichen Augenblick um die Ecke biegen. Sie hatte Herzklopfen. Obwohl es noch gar nicht so lange her war, dass sie ihn zuletzt gesehen hatte, hatte sie ihn total vermisst. Das wurde ihr in diesem Augenblick klar.

»Hey, Lio. Hallo, Mimi«, sagte Niclas und bremste direkt vor ihnen. Er strahlte Lio an. »Ich dachte, ich guck mal, was du so treibst.« Er stieg ab und setzte sich zu Lio und Mimi an den Brunnen.

»Super«, sagte Lio. »Es ist nichts Besonderes los. Nur langweiliger Schulkram.« Sie schwieg und gab Mimi einen heimlichen Schubs, sich zu verziehen.

Leider verstand Mimi diesen Hinweis komplett **falsch**. »Lio schleimt sich bei unserer Musiklehrerin ein. Sie hat einen total coolen Rap geschrieben. Und heute Abend gehen wir zusammen ins Schulkino. *Zehn Dinge, die ich an dir hasse.*«

Niclas schnappte sich einen Teil von Lios Sonnenblume und sagte: »Cooler Film. Habe ich schon gesehen. Könnte ich da auch mitkommen? Ich wollte mir sowieso mal eure Schule angucken.«

Lio sah Mimi genervt an. »Ähm, das ist wahrscheinlich nicht so günstig«, sagte Lio. »Da hätte ich vorher Bescheid sagen müssen, wegen der Plätze.« Sie sprang nervös auf. »Okay, Mimi. Wolltest du nicht noch mit Matte Physik machen? Ich zeig dann Niclas ein bisschen die Gegend hier. Bis später dann.« Sie ließ Mimi einfach stehen und rannte los.

Niclas zuckte mit den Achseln und grinste. »Na dann, Mimi. Man sieht sich. Lio hat anscheinend wie immer einen Plan. Ich düse ihr mal hinterher.« Er schwang sich auf den Sattel.

»Nee«, sagte Mimi. »Hat sie nicht. Und genau das ist ihr Problem.«

Sie lief in die entgegengesetzte Richtung davon.

Niclas trat in die Pedale und holte Lio klingelnd ein.

»Habt ihr Stress?«, fragte er.

Lio schüttelte den Kopf. »Nein, es gibt nur Tage, da geht mir Mimi echt auf den Keks. Und heute ist so einer.« Sie rannte ärgerlich weiter.

»Hey, Lio«, sagte Niclas. »Ich bin zwar mit dem Rad hier, aber vielleicht nimmst du trotzdem mal einen Gang Geschwindigkeit raus. Erzähl mir doch, weshalb dich Mimi nervt. Vielleicht fällt mir was dagegen ein.«

Lio blieb abrupt stehen. »Nein, tut mir leid«, sagte sie. »Das geht auf keinen Fall.« Lio sah richtig verzweifelt aus.

Niclas stieg vom Fahrrad und nahm ihre Hand.

»Pass auf, ich hab eine Idee. Und bevor du gleich **Nein**

brüllst, denk einfach einen Moment nach. Wir essen jetzt noch mal ganz entspannt ein Eis. Walnussbecher mit allem Drum und Dran. Ohne Ärger und Sonnenblumen. Ich lad dich ein. Okay?«

Plötzlich wusste Lio, dass Mimi recht hatte. Es lag gewaltig Ärger in der Luft. Die Schmetterlinge in ihrem Bauch kämpften gegen das warnende Grummeln in ihrer Magengegend. Aber schließlich setzten sich die Schmetterlinge durch.

»Das ist echt ein Deal«, sagte sie. »Aber ich nehme doppelt Sahne. Das sag ich dir gleich.«

Vor dem Eiscafé waren wieder Liegestühle aufgebaut. Aber Lio und Niclas setzten sich lieber an einen Tisch. »Walnussbecher im Liegestuhl geht gar nicht«, sagte Niclas.

Lio wagte einen Blick in das Eiscafé. Es war bis auf einen Kellner total leer. Alle wollten draußen die Sonne genießen. Von Eva war glücklicherweise nichts zu sehen. Sie war heute auch nicht in der Schule gewesen. Ob das damit zusammenhing, dass Jasper mit ihr Schluss gemacht hatte?, fragte sich Lio.

»Die Sonnenblume ist nicht da«, sagte Niclas lächelnd. »Ich habe das vorher ausgekundschaftet, damit du nicht wieder eine böse Überraschung erlebst.«

Lio sah ihn erstaunt an. »He, total nett. Aber ich hätte sie schon überlebt. Du hattest recht. Es war Quatsch, wegen Eva auf den Eisbecher zu verzichten.«

Der Kellner meinte es anscheinend gut mit ihnen. Die Eisbecher waren riesig.

»Lecker.« Lio rieb sich ihren Bauch. »Ich platze in der nächsten Sekunde.«

Niclas lachte. »Du platzt nicht nur, du sabberst auch. Ich habe es doch gleich gesagt, als du meinen Pullover als Kissen misshandelt hast.«

Er streckte die Hand aus und strich ein dünnes Rinnsal Ahornsirup aus ihrem Mundwinkel weg. »So«, sagte er. »Jetzt siehst du wieder fein aus.«

Lio hielt seinem Blick stand und sagte nichts. Sie schauten sich eine halbe Ewigkeit stumm in die Augen.

»Hat es geschmeckt?«, holte der Kellner sie in die Realität zurück.

»Sehr gut«, sagte Lio ein wenig heiser. »Alles total super.«

»Zahlen, bitte«, sagte Niclas.

Als Niclas die Rechnung beglichen hatte, standen sie eine Weile unschlüssig vor dem Eiscafé herum, ohne etwas zu reden.

»Sag mal, gibt's hier eigentlich einen Plattenladen?«, fragte Niclas schließlich. »Also, ich meine, so einen mit Vinyl. Ich sammele alte Platten.«

Lio nickte. »Na klar. Gar nicht weit von hier. Wollen wir da hin?«

Niclas nickte. »Sehr gerne.« Er entsicherte das Fahrradschloss. »Willst du auf den Gepäckträger?«

Er wartete, bis Lio sicher saß. »Halt dich gut fest.« Er fuhr los. Nach kurzem Zögern schlang Lio ihre Arme um ihn. »Fahr erst mal eine ganze Weile geradeaus!«, rief sie.

Der Plattenladen sah auf den ersten Blick eher aus wie ein gut geführtes Antiquariat für Bücher. »Ist das toll«, sagte Niclas begeistert. »Die haben hier ja wirklich alles.«

Sie stöberten eine ganze Weile in Kisten und Plattenschränken, bis Niclas eine Platte hochhielt. »Kennst du die

Sängerin? Nach dieser Platte suche ich schon eine halbe Ewigkeit.«

Lio schüttelte den Kopf. »*Kath Bloom*«, las sie laut.

Niclas nickte. »Mein Lieblingssong von ihr ist *Come here*. Der ist aus einem echt coolen Film. Ist schon ziemlich lange her, dass der im Kino lief. Mein Vater hat die DVD.« Er sah sich um. »Kann man die Platten hier anhören?«

Lio guckte hinter einen Raumteiler mit noch mehr Schallplatten. »Ich glaube, dahinten sind Kabinen mit Plattenspielern. Wir können ja mal fragen, ob wir reinhören dürfen.«

Wenig später standen sie zu zweit in einer winzigen schalldichten Kabine mit einem Plattenspieler und zwei Boxen.

Niclas nahm die Platte vorsichtig aus der Hülle und legte sie auf. Dann betätigte er den Plattenhebel. »May I proudly present to you Miss *Kath Bloom: Come here.*«

Niclas hatte nicht zu viel versprochen. Der Song war wirklich wunderschön.

Lio bekam sofort Lust auf den Film. Sie schloss die Augen und hörte zu, wie Kath Bloom sang.

There's wind that blows in from the north.
And it says that loving takes this course.
Come here. Come here.

Sie spürte Niclas' Atem ganz nah an ihrem Gesicht.

No I'm not impossible to touch.
I have never wanted you so much.
Come here. Come here.

Lio öffnete die Augen, schlang die Arme um Niclas' Hals und küsste ihn.

24

EIN PAAR STUNDEN SPÄTER saß Lio neben Jasper in der Aula ihrer Schule und wusste ganz genau, dass das falsch war. Dabei hatte sie sich die Sache selber eingebrockt.

Als sie in die Aula gekommen war, hatte sie in der letzten Reihe Mimi und Matte entdeckt und Mimi einen Sorry-du-hattest-recht-Blick zugeworfen.

Mimi hatte sie besorgt angesehen, und Lio hatte ihr mit einem verzweifelten Schulterzucken geantwortet.

Lio merkte, wie hinter ihr aufgeregt über sie getuschelt wurde. Es hatte sich bereits herumgesprochen, dass Jasper Eva ziemlich unhöflich abserviert und sich stattdessen mit Lio zum Kino verabredet hatte. Dafür hatte Anne aus dem Schülercafé gesorgt. Weil sich diesen Anblick niemand entgehen lassen wollte, war die Aula proppenvoll gefüllt mit Schülern.

Auf Jaspers Oberschenkeln stand ein Rieseneimer mit Popcorn. Den hatte er vorher noch aus dem Cineplex besorgt.

»Kino ohne Popcorn geht gar nicht«, sagte er mit vollem Mund. »Nimm dir lieber schnell was, solange noch was da ist. Bei Popcorn bin ich absolut maßlos.«

Lio konnte sich nicht vorstellen, dass ein einzelner

Mensch so einen Eimer leer essen konnte. Allein bei dem Gedanken wurde ihr schlecht.

»Danke«, sagte sie. »Ich habe heute Nachmittag ein großes Eis gegessen und bin immer noch satt.«

»Wie du willst«, sagte Jasper und schob noch eine Handvoll hinterher. »Aber dass mir keine Klagen kommen hinterher.«

Zum Glück ging der Film ohne Verzögerung los.

Lio schloss die Augen und dachte an Niclas. Niemals hätte sie gedacht, dass sie sich trauen würde, einen Jungen zu küssen. Aber bei Niclas war nichts ein Problem. Sie war total gerne mit ihm zusammen.

Vielleicht hätte sie das Kinodate mit Jasper einfach geschwänzt und wäre bei Niclas geblieben, wenn sie am Hansaplatz nicht auf den letzten Drücker Jonny Duin getroffen hätten. Der kriegte sich gar nicht mehr darüber ein, wie gut Niclas Gitarre spielen konnte, und fing gleich damit an, einen gemeinsamen Auftritt auf dem Hafenfest mit ihm zu planen.

»Geh einfach den Film gucken«, redete ihr Niclas zu und gab ihr einen Kuss. »Ich melde mich morgen bei dir.«

Dass sie nun so auf dem Präsentierteller sitzen würde, hatte sie nicht geahnt.

Leider war sie zu feige, einfach aufzustehen und abzuhauen.

Der Film war wahrscheinlich wirklich cool. Jedenfalls lachten sich die Zuschauer halb krank. Auch Jasper hatte richtig Spaß. Besonders bei den Sportszenen kriegte er sich kaum ein, und der Eimer Popcorn wippte bedenklich auf seinen Knien hin und her.

Lio beschloss, sich irgendwann mal ganz in Ruhe die DVD von dem Film zu leihen und mit ihrer Mutter einen gemütlichen Filmabend zu machen. Ganz ohne Popcorn.

Ausgerechnet in der Szene, in der die Protagonistin Kat, die zufällig denselben Vornamen hatte wie die Sängerin von *Come here*, bei einem verunglückten Date ihr Pfefferspray einsetzte, wanderte Jaspers Hand in ihren Ausschnitt.

Lio sah ihn wütend an und machte eine abwehrende Bewegung mit dem Arm. Dummerweise traf sie mit dem Schwung ihres Ellbogens erst Jaspers Nase und dann den Popcorneimer. Der Eimer wurde wie ein Baseball in die Höhe katapultiert, und das Popcorn verteilte sich großflächig über die Köpfe der Zuschauer. Tumult brach aus.

Der Filmvorführer stoppte den Film kurzerhand und schaltete das Saallicht an, damit die Leute sich beruhigen konnten. Jasper hielt sich seine schmerzende Nase.

»Oh nein«, jammerte Lio. »Es tut mir so wahnsinnig leid, Jasper. Ein Glück blutet deine Nase nicht. Oh nein.« Sie sah sich Hilfe suchend nach Mimi um.

Mimi hatte die Hände vor das Gesicht geschlagen und war ganz tief in ihren Sitz gerutscht. Lio konnte sie verstehen. Sie hatte sich gerade wirklich peinlich benommen.

Die ersten Zuschauer um sie herum begannen zu kichern. Schließlich lachte der ganze Saal. Jasper grinste in die Menge und sagte: »Ganz schön temperamentvoll, die Kleine. Schade um das ganze Popcorn.«

Damit konnte die Vorführung weitergehen.

Lio saß den Rest des Filmes mit angelegten Armen auf ihrem Stuhl und versuchte, sich nicht zu rühren, um nicht noch mehr Chaos anzurichten.

»Cool, der Film«, sagte Jasper, als das Licht nach dem Abspann wieder anging.

»Besonders die Blonde. So Sportklamotten, wie die Hauptdarstellerin sie anhatte, würden dir auch gut stehen. Aber was der Film mit Shakespeare zu tun hatte, verstehe ich nicht. Es ging doch eher um scharfe Bräute, und das ist auch gut so.«

Lio antwortete nicht. Aber sie hatte den Film ja auch nicht wirklich gesehen.

»Na, dann bis morgen, Jasper«, sagte Lio, als sie draußen auf dem Schulhof herumstanden. »Und vielen Dank für die Einladung. Und noch mal sorry wegen dem Dingens mit dem Popcorn …«

»Schwamm drüber«, sagte Jasper großzügig. »Aber eine kleine Entschädigung muss sein.« Er schnappte sich Lio einfach und küsste sie vor allen anderen auf den Mund.

Der Filmkuss brachte ihm begeisterten Szenenapplaus ein.

»Das war doch gar nicht schlecht für den Anfang«, sagte er und zwinkerte Lio zu. »Glaub mir. Wir sind ein echtes Dream-Team. Bis dann.« Er gab Erik einen Wink. »Abflug!«

Fassungslos starrte Lio ihnen nach, wie sie durch das Schultor verschwanden.

Niemals hätte Lio damit gerechnet, dass Niclas vor der Schule auf sie warten würde. Es war wirklich ein ganz und gar unglücklicher Zufall. Natürlich konnte Niclas nicht ahnen, dass Jaspers Kuss von Lio gar nicht gewollt war, und er fragte auch nicht nach.

Er hatte genug gesehen und verschwand wortlos von der Bildfläche.

25

DAS HAFENFEST UND MIMIS GEBURTSTAG waren an ein und demselben Tag.

»Ein Glück«, sagte Lio. »Wirklich! Dann habe ich wenigstens die beste Ausrede aller Zeiten, mich nicht unten am Hafen blicken zu lassen. Auch wenn ich Papas Auftritt mit Jonny Duin total gerne gesehen hätte. Aber er wird bestimmt verstehen, dass ich dich nicht im Stich lassen kann.«

Zwei Stunden Unterricht waren ausgefallen, und Lio und Mimi liefen gemeinsam zum Hansaplatz, um sich dort auf den schattigen Bänken gegenseitig für Chemie abzufragen.

»Hat sich denn Niclas überhaupt nicht mehr gemeldet?«, fragte Mimi mitfühlend.

Lio schüttelte den Kopf. »Null. Er hat auf keine einzige SMS von mir geantwortet. Sein Handy ist aus.«

Mimi seufzte. »So ein Mist. Warum fährst du nicht einfach hin? Deine Mutter muss das ja nicht wissen. Außerdem ist es ein **Notfall**.«

Lio schüttelte den Kopf. »BIST DU VERRÜCKT? Never. Ich mach mich doch nicht freiwillig zum Affen.« Sie sah aus, als würde sie gleich anfangen zu weinen.

»Ich kann mir aber vorstellen, dass man mit Niclas in Ruhe reden kann, ohne dass er gleich Theater macht. Willst du, dass ich es mal versuche? Diese Toter-Mann-Strategie ist typisch Junge. Überhaupt nicht konfliktfähig.«

Lio sah Mimi entsetzt an. »AUF GAR KEINEN FALL. DAS MACHT ALLES NUR NOCH SCHLIMMER.«

Mimi guckte eingeschnappt. »Wieso? Ich kann so was. Ich habe in der Fünften sogar bei dem Mediatorentraining mitgemacht.«

Lio lachte. »Aber du weißt schon noch, wie die Sache ausgegangen ist, oder?«

Mimi schnaubte. »Darüber möchte ich lieber nicht reden. Das war alles ein totales Missverständnis.«

»Ich find's ja gut, dass du immer sagst, was du denkst, egal mit welchen Folgen«, meinte Lio. »Aber noch mehr Chaos kann ich echt nicht ab.«

Bis auf zwei Arbeiter vom Bauhof, die den Brunnen säuberten, war der Hansaplatz noch leer. Sie suchten sich den besten Platz und holten ihre Ordner hervor.

»Ich muss dich übrigens enttäuschen«, sagte Mimi verlegen. »Also, wegen meinem Geburtstag.«

Lio guckte sie überrascht an. »Wieso? Feierst du etwa nicht?«

»Doch«, druckste Mimi herum. »Sogar richtig groß. Du weißt doch, dass Rosalie einen Tag vor mir und unsere Mutter einen Tag nach mir Geburtstag haben. Und immer gibt es Theater deshalb. Seit Rosalie mir dir am Hafen war, redet sie von nichts anderem als von diesen Hausbooten. Zufällig hat Mama auch noch so einen Skipper kennengelernt, den sie mehr als nett findet. Und so hat sie sich mit dessen Hilfe für einen Tag ein Hausboot gemietet, auf dem wir big Party machen. Am Samstag.«

Sie sah Lio schuldbewusst an. »Sorry, Süße, ich wollte es dir schon seit drei Tagen sagen, aber ich habe mich einfach nicht getraut.«

»Nein!«, jammerte Lio. »Das ist nicht dein Ernst. Ich glaube, ich überleb das alles nicht.«

Sie blätterte verzweifelt in ihrem Chemieordner und legte ihn wieder zu Seite. »Wie soll ich mich bei dem ganzen Durcheinander konzentrieren können? Ich lege mich einfach ins Bett, bis Niclas weg ist. Danach ist hoffentlich wieder Ruhe.«

»Das nützt doch alles nichts«, sagte Mimi. »Dann hast du immer noch die Baustelle Jasper am Hals. Von Rosalie weiß ich, dass er gar nicht kapiert, warum du ihm plötzlich so aus dem Weg gehst. Rosalie hat zu Erik gesagt, dass du Angst hast, sitzen zu bleiben, und deshalb wie eine Gestörte lernst. Aber irgendwann musst du ihm verklickern, dass du nichts mehr von ihm willst. Es wird ihn schon nicht umbringen. Natürlich nur, wenn du wirklich nichts mehr von ihm willst.« Sie sah Lio gespannt an.

»Nein, will ich nicht«, sagte Lio.

»Und wieso weißt du das so genau?«, fragte Mimi.

»Weil ich Niclas geküsst habe«, antwortete Lio und bekam einen ganz träumerischen Blick.

Mimi seufzte. »Du hast es gut. Wenigstens habt ihr euch geküsst. Matte und ich haben uns immer noch nicht geküsst. Ich habe echt das Gefühl, er traut sich nicht.«

Lio runzelte die Stirn. »Wo ist das Problem? Dann küsst **du ihn** eben.«

Mimi wurde rot. »Nee, das geht doch nicht. Am Anfang küssen Jungs immer die Mädchen und nicht umgekehrt.«

Lio lächelte. »Also, ich habe Niclas als Erste geküsst.«

Mimi riss die Augen auf. »EHRLICH? LIO, DU BIST EINE ECHTE HELDIN. Ich habe es immer schon gewusst.«

26

DER BINNENHAFEN war für seinen großen Tag festlich geschmückt und sah aus wie ein echter Rummelplatz mit einer echten Geisterbahn, vielen kleinen Ständen und einer Bühne, auf der Musik gemacht wurde.

Die größte Attraktion war ein Ballon, der mit einem Stahlseil an einem Kran befestigt war und in dem man fünfzig Meter hoch über dem Hafen herumschweben konnte.

»Alles Liebe zum Geburtstag, Mimi«, sagte Lio, als sie mit einiger Verspätung auf dem Hausboot, das Mimis Mutter gemietet hatte, ankam.

Sie hielt ein ganzes Büschel bunter Heliumballons in Herzform in der Hand und eine selbst gebackene Marzipantorte mit Röschen und fünfzehn lila Kerzen. »Ach, und das auch«, sagte sie und holte ein Fläschchen mit Schleife aus ihrer Umhängetasche. »Das Parfüm heißt *Mimosa.*«

»BIST DU SÜSS!«, rief Mimi und fiel Lio um den Hals.

»Es geht los, Mimi!«, rief Rosalie aufgekratzt. »Die Bühnensessions starten.« Sie entdeckte Lio. »Hey, Lio, komm mit. Oder willst du den Auftritt deines Vaters mit Jonny Duin verpassen?« Sie drückte ihr einen Zettel in die Hand, auf dem das Bühnenprogramm abgedruckt war.

Mimi stellte eilig ihre Geschenke ab, und sie rannten zu dritt los.

»Hast du Niclas schon irgendwo gesehen?«, flüsterte Lio Mimi im Laufen ins Ohr.

Mimi nickte. »Heute Mittag beim Soundcheck, da habe ich kurz Hallo zu ihm und deinem Vater gesagt. Mit Jonny habe ich auch noch gequatscht. Er hat echt das Cash-Hemd an. Ist schon damit fotografiert worden. Sind alle drei supergut drauf.«

Vor der Bühne standen bereits unglaublich viele Leute, nach vorne an den Bühnenrand war kein Durchkommen mehr.

»Mist«, sagte Mimi enttäuscht. »Man sieht von hier aus ja so gut wie gar nichts. Du hättest dir mal Backstage-Pässe von deinem Papa besorgen sollen, Lio.«

Lio zuckte entschuldigend mit den Achseln, aber heimlich war sie froh. Vorne an der Bühne zu stehen und Niclas singen zu sehen, hätte sie auf keinen Fall durchgehalten.

Nach einer kurzen Anmoderation ging es los. Das Publikum rastete völlig aus, als Lios Vater und Jonny Duin die alten Hits von *Bob Dylan* spielten, tobte aber fast noch mehr, als Niclas die *Toten Hosen* zum Besten gab.

Bei *Alles nur aus Liebe* nahm Mimi mitfühlend Lios Hand.

Es ist die Eifersucht, die mich auffrisst,
immer dann, wenn du nicht in meiner Nähe bist …

Es war das letzte Lied, die Zuschauer sangen lauthals mit und klatschten sich vor Begeisterung die Hände wund.

»Komm, Lio«, sagte Mimi. »Jetzt müssen wir deinem Vater aber unbedingt gratulieren.« Bevor Lio wusste, wie ihr geschah, zog Mimi sie mit sich durch das Publikum nach vorne.

Lios Vater sprang strahlend von der Bühne.

»Papa!«, rief Lio und fiel ihm um den Hals. »Das war so toll!«

Ihr Vater lachte glücklich. »Ja, es war einfach gigantisch. Jonny und ich haben es immer noch drauf«, sagte er. »Wir müssen jetzt dringend eine Runde über die alten Zeiten quatschen. Bis später, Süße. Mimi hat Patty und mich auch zu der Party eingeladen.«

Sie ließ ihren Vater los. Plötzlich stand Niclas nur ein paar Schritte weit von ihr entfernt.

»Hallo, Lio«, sagte er.

»Hallo, Niclas«, sagte Lio heiser.

»Hier hast du deine Gitarre zurück. Vielen Dank«, sagte er und hielt ihr den Koffer mit gestreckten Armen hin.

Lio wurde heiß. Abwehrend hob sie die Hände hoch.

»Lass nur. Behalte du sie. Sie hat mir eigentlich ohnehin nie richtig gehört.«

Tränen liefen wie Sturzbäche aus ihren Augen. Sie drehte sich um und rannte panisch davon.

»Willst du nicht wenigstens ein klitzekleines Stückchen von deiner eigenen Torte essen, Lio?«, fragte Mimi, als sie wieder auf dem Hausboot waren. »Du verpasst echt was.«

Sie stellte einfach einen Teller vor Lio hin und einen quietschrosa Saftcocktail mit Strohhalm. »Probier mal, echt lecker.«

Die Hausboot-Party war der Hit. Es tauchten immer noch mehr Leute auf. Lio saß die meiste Zeit ein Stück weit entfernt ganz vorne am Bug und guckte dem munteren Treiben zu. Sie hatte keine Lust zu reden, aber das fiel zum Glück niemandem auf.

Langsam wurde es Abend, und Lio bekam Hunger.

An Deck war ein riesiges Büfett aufgebaut, das mit bunten Lampions geschmückt war.

Gerade als Lio eine Portion Fisch mit Salat aufgegessen hatte, tauchte Jasper auf. Schnell stellte sie ihren Teller ab, um sich zu verziehen, aber es war bereits zu spät.

»LIO, WAS IST LOS?« Jasper erwischte Lio am Arm und zog sie mit sich unter Deck. »Immer wenn ich irgendwo auftauche, bist du gerade weg oder musst dringend los. Ich will wieder ein Date mit dir, so wie das im Kino. Aber diesmal lieber nur zu zweit.« Er legte den Arm um sie.

Lio schüttelte den Kopf. »Es geht nicht, Jasper«, sagte sie verzweifelt.

Jasper sah sie verwirrt an. »Aber warum nicht?«

Plötzlich hatte Lio das Gefühl, gleich durchzudrehen oder einen gigantischen Lachanfall zu bekommen oder beides.

»Ähm, ich habe nur noch zwei Monate zu leben«, sagte sie. Das war ein Zitat aus ihrem Lieblingsfilm. Einer Komödie.

»WAS?« Jaspers Augen weiteten sich vor Schreck.

Schlagartig kam Lio sich total bescheuert vor. Mimi hatte unrecht gehabt. Nicht nur Jungs waren konfliktscheu. Mädchen auch. Und Lio ganz besonders.

»Quatsch, Jasper. Sorry«, stammelte sie. »Ich bin gerade etwas neben der Spur.« Sie holte tief Luft.

»Also, das Ding ist …, es ist nämlich so …, es passt

einfach nicht. Wir passen nicht … zusammen. Es tut mir leid. Ich habe es vorher auch nicht gewusst.« Sie sah ihm in die Augen. »Ich war nämlich schon ziemlich lange in dich verknallt.« Sie schwieg.

»Ach so«, sagte Jasper und rieb sich mit der Hand über die Augen, als ob er etwas wegwischen wollte. »Deshalb. Dann bist du also mit diesem Holländer zusammen, oder was.«

Lio schüttelte den Kopf. »Nee, das hat nicht geklappt.«

Jasper räusperte sich. »Okay. Na dann. Da kann man nichts machen. Kann man nicht. Verdammt schade.« Er ging langsam zur Treppe.

»See you!« Er machte das Peace-Zeichen.

Lio nickte. »See you, too.«

Auf der Treppe drehte sich Jasper noch einmal um. »**Lio Live** ist trotzdem spitze. Die Nummer behalten wir auf jeden Fall im Auge.« Er verschwand.

»HEY, LEUTE, ALLES KLAR? LET'S PARTY!«, hörte sie ihn einen Augenblick später brüllen.

Lio grinste. Mimi hatte wie immer recht behalten. Jasper würde nicht vor Liebeskummer sterben.

Sie schaute aus dem Bullauge. In diesem Augenblick gingen überall im Hafen bunte Lämpchen an. Ein regenbogenfarbener Scheinwerfer wanderte über das Hafenbecken. In seinem Licht entdeckte sie etwas. Eine hellblaue Nussschale. Sanft schaukelte die *True Love* auf dem Wasser.

Nur ein paar Augenblicke später war sie unten am Steg. Gleich darauf kam Orpheus freudig bellend herbeigelaufen und begrüßte sie. Lio beugte sich zu ihm hinunter und knuddelte ihn ausgiebig.

»Na, Lio. Keine Party?« Niclas' Stimme klang rau.

Lio richtete sich auf und sagte: »Zu viel los. Die falschen Leute.«

Niclas nickte nachdenklich. »Das kommt schon mal vor.«

Sie schwiegen eine ganze Weile.

»Lust auf Meer?«, fragte Niclas und deutete auf die *True Love*.

Lio nickte.

»Das ist aber eine ziemlich wacklige Angelegenheit«, warnte Niclas Lio, als er das Boot am Seil bis an den Steg heranzog. »Und du hast wieder die falschen Schuhe an.« Er schaute auf ihre Cowboystiefel.

»Das kann man ändern«, sagte Lio, lächelte und zog die Stiefel einfach aus.

»Orpheus, du passt gut auf Lios Schuhe auf«, befahl Niclas und stellte die Stiefel neben den Hund.

Niclas sprang geschickt in das Boot und hielt Lio die Hand hin.

Lio hoffte, dass sie nicht schon vor Beginn der Bootspartie über Bord ging, und sie wurde erhört.

Einen Moment später ruderten sie mit der *True Love* los.

»Bis zum Meer ist es natürlich noch ein Stück«, sagte Niclas.

»Das macht mir nichts aus«, antwortete Lio. »Wir können ja mal eine Pause machen.«

Als sie bereits ein ganzes Stück gerudert waren, knallte es im Hafen plötzlich gewaltig, und der Himmel färbte sich rot.

»Das Feuerwerk!«, rief Lio aufgeregt. »Guck doch mal, Niclas. Jetzt geht schon das Feuerwerk los.«

Niclas holte die Ruder ein und setzte sich neben Lio auf die Holzbank.

»Super«, sagte er. »Genau der richtige Zeitpunkt für eine Pause.«

Und dann küsste er Lio so lange, bis das Feuerwerk am Himmel erlosch.

Well I'm in no hurry.
Don't have to run away this time.
I know you're timid.
But it's gonna be all right this time.

ENDE.

VORSICHT, FLIRT-FALLE!

Anja Fröhlich
Love to Go

Alle lieben Mike Hoffmann. Nur Mel nicht. Sie findet, dass er viel zu viele Tricks in seinem Mädchenverzauberungskasten hat. Deshalb startet Mel den Blog »Girlaxis«, um die anderen Mädchen ein für alle Mal zu warnen. Es dauert nicht lange, bis der Blog entdeckt wird und die ganze Schule darüber spricht. Und dann sucht Mike ausgerechnet Rat bei Mel …

176 Seiten – Ab 12 Jahren
ISBN 978-3-86430-023-3

turbulent

verzaubernd

Blogging-Alarm

Pink

www.pinkupyourlife.de

Pink